2
疎陀陽
イラスト みわべさくら
許嫁
と思ったら、
その
校で有名な
『悪
』だったんだけど、
どうすればいい？
JN054362

「……涼子に料理でも教えてもらうか？
あいつ、上手いし」
「お願いできる？
それじゃ、今度の土曜日どうかしら？」
「涼子の予定を聞いておくよ。
良かったら此処で食事会だな」
「うふふ。楽しみね！
ああ、でも」
そう言って、
俺の方に視線を向けて。

「賀茂さんが来るけど……
賀茂さんのことばっかり構ったら、
ダメだからね！
余所見しちゃ……ヤ、だよ？」

「あれ？　もしかして……
浩之さんと智美さん？」
そんな声が後ろから聞こえてくる。
その声に視線をそちらに向けると、
大柄な男が一人立っていた。
百八十センチをゆうに越えているであろう
大柄な体で、こちらに向かって
視線を向ける大男。

そんな大男だが、俺と視線があった瞬間、
ぱーっと花が開いた様な笑顔になった。

「やっぱり！　お久しぶりです、浩之さん！
智美さん……っと……ええっと……初めましての方！」

「……え？　あれ？　も、もしかして……秀明？」

「何してるんっすか、こんなところで！
あ、俺、まだ昼飯食ってないんっすよ！
どうすっか、一緒に？　その……そっちの美人さんも！」

「……ヒロユキ」

「……浩之ちゃん」

「――私を、選んでください」

涼子はいつだって一緒にいた幼馴染で。
智美はいつだって一緒にいた幼馴染で。
二人とも大事で、大好きで……ずっと一緒にいたいと思う、
そんな幼馴染だから。
だから、だから——

CONTENTS

ダッシュエックス文庫

許嫁が出来たと思ったら、
その許嫁が学校で有名な『悪役令嬢』
だったんだけど、どうすればいい？ 2

疎陀 陽

プロローグ　いつでも仲良しな幼馴染……え？　じゃないの？

いつからの付き合いを『幼馴染』と定義するかによるが、間違いなく鈴木智美と賀茂涼子という二人の少女は俺、東九条浩之にとって立派な『幼馴染』といっても良いだろう。智美とは保育園の年少、涼子に至っては家も隣同士で両親も仲が良かったため、生まれた時から知ってる間柄だ。まさに幼い頃から馴染んだ間柄、これが幼馴染じゃないとすると、一体何が幼馴染だ、という感じではある。そういう意味では小学校からの付き合いである瑞穂も幼い頃から馴染んではいるものの、どうしても『幼馴染』感はない。せいぜい、手の掛かる妹だ。

さて……まあ、なんで俺がこんなことを言ってるかというと、だ。

「――だから、涼子！　それは違うって言ってるでしょ！」

「違わないよ！　智美ちゃんが間違ってるんだもん！　私、間違ってないもん！」

「むきー！　涼子、アンタいつだってそうじゃん！　本当にいい加減にしなさいよね！」

「智美ちゃんこそ！　なんでそんなにデリカシーがないの？　バッカじゃない!?」

「はー？　誰が馬鹿だって!?」

「智美ちゃんですー。馬鹿なのは智美ちゃんなんですー」

「……」

「……」

「……ねえ、東九条君？」

「……なに？」

「……これ、なんとかしなさいよね？　貴方、幼馴染でしょ？」

「……出来ることと出来ないことがある」

涼子が手作り弁当を振る舞う――ここ数週間で既に恒例行事化してきたこの昼休みの時間。いつもはある程度和やかに進むのだが……今日は少しばかり、様相が違う。

「もう！　ホントに涼子なんて知らない！」

「こっちのセリフです！　智美ちゃんなんか知らないんだから！」

「……」

「……」

「「……ふんっ！」」

そう言って盛大にそっぽを向く二人に、俺は小さくため息を吐いた。

「……お疲れ様。大変だったわね、今日は」

帰宅後、なんやかんやあってリビングでぐでーっと伸びている俺に、苦笑を浮かべながら桐生(きりゅう)が淹(い)れてくれたコーヒーをコトリとテーブルの上におく。ありがとうと礼を言って、俺はそのコーヒーを一口、口に含んだ。

「……はぁ……うめぇ」

「それは良かったわ。それにしても……あの二人、喧嘩(けんか)するのね。私、びっくりしちゃった」

「アイツらはな～。なまじ、お互いが近すぎる分、ちょっとしたことで直ぐ喧嘩するんだよな」

本当に。古くはパッキンアイスのさきっちょ付いてる方をどちらが食べるかから始まり、俺の家でのお泊まり会でのチャンネル争い、最近ではファッションのことなんかでちょいちょい衝突している。っていうか、マジでそろそろいい加減にしろ下さい。

「……凄(すご)いわね。良くそれで、仲良く出来るものね」

「アレだよ。子猫のじゃれあいと一緒。お互い、どれぐらいの力加減でやれば良いか図ってるだけだってての。だからってワケじゃねーだろうが、アイツら二人とも、人当たりが良いだろ?」

「……そうね」

「涼子は智美で、智美は涼子で人間関係学んでんの。だからまあ、日常茶飯事といえば日常茶飯事なワケだよ」

「貴方は？」

「男子と女子じゃ色々違うだろ？　そもそも俺は、パッキンアイスは一人で両方食べる派だったし」

「……貴方ね？」

「仕方ねーじゃん。俺らは三人で幼馴染だし。パッキンアイス、分けるヤツいねーもん」

どうしたってハミ子は出てくるの。それが俺なの。

「……まあ、そういうこともあるのかもね。それで？　大丈夫なの？」

「とりあえず、瑞穂と茜からは鬼電、鬼メッセが届いている」

今日は余程機嫌が悪かったのか、瑞穂からは『智美先輩、鬼気迫るものがあるんですけどー！　練習、めっちゃきついんですけど！』というメッセが届いてるし、茜からは『おにぃ、なにしたの？　涼子ちゃん、凄い怒ってるんだけど？』とのメッセが届いた。というか、茜。それは俺のせいじゃないからな。なんでも理由を俺に求めようとするその姿勢、お兄ちゃん、どうかと思うな～。

「……なんか、川北さんと貴方の妹さんが一番可哀想になってくるわ」

「まあな。言ってみればアイツらが一番被害者かも知れん。瑞穂なんか殆ど智美の舎弟扱いだし」

怖いね、体育会系って。

「……ちなみに貴方の妹さんと川北さんもよく喧嘩するの？　幼馴染なんでしょう？」

「……あの二人って意外に大人なんだよ。身近に反面教師がいたせいか、『争いは何も生まない』って悟ってんの」

「……冷静ね」

「つうか涼子と智美がアホ説まである」

なんであいつら、成長しないいんだろう。もう十七歳だってのに、やってることは三つぐらいから変わってない。アレか？　三つ子の魂百までってヤツか。

「……でも、ちょっとだけ羨ましいかも」

「そうか？」

「だって……どれだけ喧嘩しても、必ず仲直りするんでしょ？　それって、お互いに切っても切れない縁、ってことじゃないの？」

「……まあな。それこそ、姉妹ぐらいの付き合いだし」

「そういう仲だからこそ、思いっきり喧嘩も出来るのね。そういう関係性、ちょっと憧れるかも」

そう言って遠い目をする桐生。

「……私、友達いないし」

「……」

……そうだよな。コイツ、友達いないもんな。だからこそ、喧嘩にも憧れに近いものがあるのかも知れん。相手がいないと、喧嘩も出来ないもんな。

「……その……する？」

「……な、なにをよ？」

「両手で体を抱きしめて後ずさるな！　なにすると思ってんだよ！」

このむっつりが！

「そうじゃなくて……アレだよ。ホレ、もしその……微妙な『憧れ』みたいなもんがあるなら……俺としてみるか、喧嘩？」

「……へ？」

「だ、だから！　こう、なんか不満があれば聞いてやるし！　まあ、それが理不尽なら俺も怒るし……こう……」

上手（うま）く言えん。上手く言えんが、なんとなく俺の言いたいことは伝わったのか、桐生はクスリと笑ってみせた。

「……ありがとう。でも、遠慮（えんりょ）しとくわ」

「そっか」

「ええ。もちろん、意見の主張はするけど……」

――あなたに嫌われたくないし、と。

「……別に喧嘩しても嫌いになるわけじゃないぞ？」

「ふふ。その言葉だけで十分です。ありがとうね、東九条君」

「……さっきお前も言ってたけど、涼子と智美の仲が切っても切れないっつうなら、俺とお前だってもう、切っても切れないっていうか……その、なんだ？　別に遠慮なんかしなくてもな？　その……」

「……そんなに私を喜ばしても、何も出ないわよ？」

「……別に出してもらおうとは思ってねーよ。このコーヒーで十分だ」

そう言ってカップを掲げる俺に、桐生は柔らかく微笑んだ。

……で、済めば良かったんだけど。

翌朝、眠たい目を擦りながら登校した俺の姿を見つけた智美は、大股で近付いてきて。

「——おっはよー、ヒロユキ！　私、涼子と絶交したからっ！」

……え？　なんでこうなるの？

第一章　幼馴染は、難しい

昼休み。智美（ともみ）の『涼子（りょうこ）と絶交！』宣言の後、俺は『昼休み、屋上』との瑞穂（みずほ）の呼び出しを受けて屋上へと向かった。もうアレだよね？　これ、完全にいじめの呼び出しだよね？　あれ？　瑞穂って後輩じゃなかったっけ？

「……さあ、キリキリ吐いて下さい、浩之（ひろゆき）先輩」

「……無実だよ、俺は」

「んなワケねーですよ。だって智美先輩と涼子先輩ですよ？　あの二人が絶交までするワケないじゃないですか。そんな二人が絶交したんですよ？　だったら、理由としては浩之先輩しかないですって！」

「……なんでだよ？　それでなんで俺のせいになるんだよ？」

首を捻（ひね）る俺に、瑞穂は呆（あき）れた様にため息を吐いた。なんだよ、そのため息は？

「……なんだよ？」

「別に。このぬるま湯ヤローって思っただけです。鈍感よりタチが悪いなって。まあ、そんなことはどうでも良いです！　それより、本当にあの二人なんとかして下さい！　智美先輩、昨日夜中の三時まで私にメッセ送ってきてたんですよ!? 私、午前中ずっとうつらうつらしてたんですから！」

「……不憫な」

可哀想だとは思う。可哀想だとは思うが……いや、でもな？ あいつら、基本いっつも——とは言わんが、そこそこ喧嘩してるじゃん。

「……別に今に始まったことじゃねーだろうが、あいつらの喧嘩なんて」

「喧嘩自体は、よくもまあそんなに喧嘩することがありますねぐらいの勢いでしてますけど、絶交宣言は初めて聞きましたよ、私。ちなみに、茜の方には涼子先輩から連絡が入ってます。茜の方も結構遅くまで付き合わされたって言ってました」

「んなもん、いつものことだろうが」

涼子と智美が喧嘩をした場合、涼子は茜に、智美は瑞穂にガンガン愚痴る。付き合いの長い二人はそれを『はいはい』と聞き流しているのだ。まったく、どっちが年上かわかりゃしない。

「それにしたってあんな時間は異常ですよ！ これ、マジなヤツじゃないですか！ ねえ！」

そう言って瑞穂は視線を俺——の隣に向けて。

「桐生先輩！」

「……私は貴方たちの関係性を知らないからなんとも言えないんだけど……そもそも、なんで私まで呼ばれたの？」

そう言って、話を振られた桐生はこちらに向かって疲れた様な視線を向けてくる。うん、気持ちは分かる。なんで呼ばれたんだよ、お前。いや、『桐生先輩も連れてきて下さい』って言われて連れてきたのは俺だけどさ。

「いえ、智美先輩と涼子先輩の喧嘩の現場に居合わせたとお聞きしまして。っていうか、浩之先輩！　なんで涼子先輩のお弁当デーに私を呼んでくれないんですか！　食べそこなったじゃないですか、一食！」

「……知らんがな」

俺に言うな、俺に。作ったのは涼子なのに、勝手に誘えるワケねーだろうが。

「ぐぐ……私、智美派と思われてるだろうし、もうお弁当誘ってもらえないかも……」

「智美派って」

なんだよ、その派閥。馬鹿なことを言ってる瑞穂にため息を吐いていると、桐生が遠慮がちに手を挙げた。

「話の腰を折るみたいで恐縮なんだけど……」

「なんだ？」

「……派閥があるの？」

「ないない」

「でも、賀茂さんは東九条君の妹に、鈴木さんは川北さんに連絡入れてるのよね？　ちなみに、賀茂さんから川北さんに連絡はあったの？」

「ないですよ。だって、智美先輩が絶対に私に連絡入れてるってわかってますから、基本は連絡入れてこないです、喧嘩中は」

「……？　やっぱり派閥じゃないの、それ？」

派閥はない。派閥はないが……

「あー……まあ、派閥っていうと大げさだが、あるだろ？　仲の良い友達グループの中でも取り分け仲の良いグループ」

皆仲良しグループってのもなくはないが……基本、友達グループの中でもより気が合うヤツと一緒にいること、多いだろ？　そう思って発した俺の言葉に、桐生は首を傾げて。

「……知らないわ。私、友達いたことないもの」

「……」

「……」

「……ごめん」

「謝らないで。なんだか悲しくなるから。それで？」

「あ、ああ。ホレ、瑞穂はずっとバスケしてるだろ？　だからまあ、智美と付き合ってる時間が長いんだよ」

「貴方の妹さんは？」

「涼子は面倒見良いから。隣の家だし、小さい頃は茜、涼子の後ろをちょこまかついていってたんだよ。お姉ちゃんみたいな感じかな？」

「だからまあ、私と智美先輩、茜と涼子先輩のグループって感じですかね？　もちろん、私と茜とか、智美先輩と涼子先輩の方が仲いいですし、別に涼子先輩と二人で買い物とかも行かないワケじゃないんですけど……圧倒的に智美先輩との方が多いです」

「お前ら、バスケの買い出しとかも一緒に行ってるもんな」

「そうですね。涼子先輩とは行きませんし、そういう買い出し」

「……なるほど」

「だからまあ、よく茜と二人で智美先輩と涼子先輩が喧嘩したら愚痴は聞くんですけど……こんな大袈裟になること、ないんです。普通は私たちが上手く誘導したらお互いに納得するんですが」

「……ねえ、貴方の妹も川北さんも年下よね？　誘導って言われてるんだけど？」

「……精神年齢は幼いんだよ、あいつら」

「鈴木さんはともかく……賀茂さんも？」

「……二人でいると、ってこと」

　っていうか、桐生。『鈴木さんはともかく』って。まあ、間違っちゃいないが。

「……それが、昨日は全然聞く耳持たないで……『もう、涼子なんか知らない！　顔も見たくない！』って言ってたんですよ。あんな智美先輩、初めてで……どうしたらいいんですか、浩之先輩!!」

「……知らんがな」

「そんな冷たいこと言って良いんですか！　知らないって！　幼馴染でしょ！」

「……そうね。東九条君、それは少し冷たいんじゃないかしら？」

そう言って冷めた目を向けてくる瑞穂と桐生。そうは言ってもだな。

「……ちょっとヒートアップしてるだけだろ。つうか、瑞穂？　あの二人が絶交なんて出来ると思うか？」

「それは……」

「想像できないだろうが。あいつら、なんだかんだでずっと一緒にいるしさ。今回だって……まあ、ちょっと派手な喧嘩してるけど、基本的にはいつも通りだろ？　だからまあ、大丈夫だって」

「……だと良いんですが……茜も動揺してますし、私も今回ばっかりはちょっと心配なんですよね。あのお二人が、絶交なんて口にするって……」

「本当に大丈夫なの、東九条君？　貴方が間に入らなくて」

「いや、俺が入ったら余計こじれるんだって。お前も知ってるだろうが、瑞穂」

「知ってますけど……でも、今回は！」

「しつこいぞ？」

そりゃ俺も過去の喧嘩で仲裁に入ったこともあるが……いっつも『黙ってろ！』って二人に言われるんだよな。

「だからまあ、今回も静観方針だ。その内、勝手に仲直りしてんだろ」

「……なんだか優しい貴方らしくない選択肢ね？　相手のことを第一に考えられる貴方らしく

ない気がするけど？」

「それは買いかぶり過ぎ。別に俺はオールウェイズ優しいワケじゃねーし」

「そうなの？　貴方の半分は優しさで出来ているのかと思ってたわ」

「頭痛薬じゃないんだから。ともかく、あの二人に関しては放っておけばいいよ」

俺の言葉に、若干不満そうな表情を浮かべる桐生と瑞穂。が、それも数瞬、諦めた様に桐生がため息を吐いた。

「……まあ、貴方がそう言うなら良いけど」

「……そうですね。なんだかんだ言って、浩之先輩がそう言うなら」

桐生の言葉に、瑞穂も渋々ながら賛同の意を示す。

「うし。それじゃ方針は決まったな。それじゃ、とりあえず飯でも食おうぜ。腹減ったし」

「そうね。それじゃ、食事にしましょうか」

「そうです――」

そこまで喋り、瑞穂が何かに気付いた様に言葉を止める。どうした？

「どうしたの、川北さん？」

「そういえば……喧嘩の原因ってなんだったんですか？　智美先輩に聞こうと思って、すっかり忘れてて」

「……ああ」

そんな瑞穂の言葉に、俺と桐生は目を合わせて。

「『犬と猫、どっちが可愛いか』」

「……は？」

「だから、犬と猫。智美が犬派で、涼子が猫派。最初は和気藹々と話してたんだが……途中からヒートアップしてな？」

「……」

「……」

「……」

「……な？　しょうもないだろ？」

「……わ」

「……」

「……わ、私の睡眠時間をかえせぇぇぇぇぇぇぇぇぇぇぇぇぇ!!」

瑞穂の絶叫が、さして広くない屋上に響いた。おい、止めろ！　周りの目が痛い！

全ての授業が終わり、さて家に帰るかと鞄に手を掛けたところで声が掛かった。智美だ。

「ヒロユキ～。一緒に帰ろ～」

「一緒にって……お前な？」

もう別にご近所さんじゃないぞ、俺ら。

「分かってるって。駅までで良いから」

「駅までならそりゃ……っていうか部活は？」

「サボる」

「サボるって……」

「……冗談。昨日、ちょっとやり過ぎちゃって……顧問の先生に『明日は部活に来るの、禁止！』って言い渡されちゃったんだよね～」

気まずそうに『たはは』と笑う智美。

「……少しは抑えろよな？」

「……イヤ」

「イヤって……」

「もう良いじゃん！　ともかく、ヒロユキ！　早くかえ――」

「――浩之ちゃん！　一緒に帰ろ～」

喋りかける智美の声を遮るように、教室内に声が響き渡った。その声に後ろを振り返ると、そこには笑顔で――口の端がひくひくと引き攣りながら、それでも笑顔でこちらに声を掛ける涼子の姿があった。入口でこちらを睨むような視線を向けてくる涼子。その視線に最初に反応したのは智美だった。

「……なにしに来たの、涼子？　ヒロユキは私と一緒に帰るの。涼子は一人で帰れば？」

「……智美ちゃんこそなに言ってるの？　今日、部活じゃないの？　さっさと部活行けば？」

「お生憎さま。今日は私、部活休みなの～。さあ、ヒロユキ！　帰ろ！」

「ちょっと！　なんで浩之ちゃん連れていこうとしてるのよ！　智美ちゃんこそ一人で帰れば良いじゃない！」

「ざーんねん。先に約束したのは私です！」

　徐々にヒートアップしていく二人。そんな二人を見て、教室に残っていたクラスメイトたちは凍り付いた様に動かない。まあ、無理もない。いつでも仲良し幼馴染として有名なこいつらが、一触即発な空気だもんな。

「おー、浩之。相変わらずモテモテだね～。モテる男は辛いってか？」

　と、そんな中、一人の勇者が現れた！　にこやかに俺の肩に腕を回してそう言う男、そう、藤田だ。藤田！　お前が神か！

「おう、藤田！　どうした？」

「いや、どうしたって……我が校が誇る美女二人に囲まれてる羨ましいヤツがいると思って来てみたら親友の浩之君じゃないかと思ってね～。いやいや、あやかりたい、あやかりたい」

「あ、あはは～」

　いつでも代わってやんよ、こん畜生。そんな俺の想いが通じたのか、藤田がにやけ切った面構えで、二人に向き直る。

「どう？　こんな朴念仁放っておいて、俺とデートとか――」

「──藤田くんは黙ってて」」

「──はい」

ギンっと擬音(ぎおん)の付きそうな視線で睨まれてスゴスゴと退散しようとする藤田。おい、藤田神！　もうちょっと仕事して！　此処(ここ)で藤田に逃げられるわけにはいかんのだよ！

「涼子、智美！　俺は藤田と帰るから！」

「……は？　ひ、浩之？　お前、なに──」

「なあ、藤田？　今日は一緒に帰る約束してたもんな！」

「そ、そんな約束──」

「んじゃ、そういうことで！　じゃあな、二人とも！」

そう言って藤田の腕を引いて教室内を走る。

「ちょ、ヒロユキ！」

「浩之ちゃん！」

後ろから聞こえる二人の声を聞きながら、俺は教室を飛び出した。

「……いやな？　別に俺も大して用事があったわけじゃねーから良いんだけど……それにしたってもうちょっとさ？」

「いや、本当にすまん。此処は俺が奢るから、好きなモノを食べてくれ」

「いや、別に奢ってもらいたいわけじゃねーけどよ？」

駅前にあるファストフード店、『わくわくドーナツ』。通称ワクド。『ドーナツ』という名前を付けながらドーナツを一切売ってないハンバーガー屋である。真っ向からＪＡＲＯに喧嘩を売っている様なスタンスは我が校の生徒には人気である。安いしね、此処。

「……まあでも浩之がそう言うんなら、遠慮なくご馳走になろうか。俺、ビッグワクドのセット。ドリンクはコーラね」

「はいよ。んじゃ俺は……ダブルチーズにしとこうかな」

レジで注文を済まし受け取ると、藤田と並んでテーブル席に陣取る。部活帰りの時間帯になると混むこともあるが、放課後直ぐのこの時間帯は比較的空いており、俺たちはなんなく席を取ることが出来た。

「ホレ」

「さんきゅ。それにしても……怖かったな、鈴木も賀茂さんも。あんな怖い顔、俺初めて見たぞ？　何したんだ、浩之？」

「いや、俺はなんにもしてないって。つうか、お前にしろ瑞穂にしろ、なんで俺のせいにするんだよ？」

なんか冤罪率が高い気がするんだが？

「瑞穂？」

「後輩。幼馴染」

「ほーん。その子にも言われたのか。まあ、でもさ？　鈴木と賀茂さんだぜ？　あの二人が怒るとしたらお前絡み以外なくね？」

「……なんでだよ？」

んなことねーぞ？　あいつら……特に智美なんか結構直ぐ怒ってる気がするんだが？

「高校入学当初な？　今年の新入生には三大美女がいると噂されてたんだ」

「誰だよ？　俺、その噂聞いたことねーんだけど」

「まあ、お前の耳には入らんだろう。なんせ当事者だし」

「……俺も三大美女なの？」

「アホか。鈴木、賀茂さん、それに桐生だよ、三大美女は。美女度的には桐生の方がランクは高いんだが……いかんせん、その……」

「……ああ」

悪役令嬢だもんな、アイツ。

「でも、鈴木は誰にでも人当たりが良いし、賀茂さんはちょっと引っ込み思案だけどなんか守ってあげたくなる可愛さがあるだろ？　なまじ桐生の人気が落ちた分、鈴木と賀茂さんの人気が上がったんだが……そこに、いつでもくっついてるお邪魔虫がいたわけ」

「……もしかして、俺？」

「もしかしなくてもお前。一時期、『東九条浩之を亡き者にする会』の結成まで真剣に検討されたんだぞ？　鈴木と賀茂さんのいるところでは三大美女の話なんて出来んだろ？　だからまあ、必然的に近くにいたお前の耳には入ってないわけ」

「『東九条浩之を亡き者にする会』って……」

いや、怖いんだけど。

「ちなみに会長は俺」

「お前、今すぐそのワクド返せ」

冗談だよ、と笑いながら自分の側にトレイを寄せる藤田。おい、本当に冗談なんだろうな？なんか目が笑ってなかった気がするんだが？

「ま、お前はずっと鈴木と賀茂さんといるだろ？　だからあんまり気付かんかも知れんが、あの二人って基本、そんな怒ることないぜ？　鈴木はまあ、バスケの時は怒ってるかもしれんが、それだって注意のレベルを越えないだろ？」

「……まあな」

「んで賀茂さんに至ってはそもそも怒ってるところを見たことない。となると、必然的に一番近い存在であるお前絡み以外では怒ることはないんじゃね？　って推測に行きつくの。あの仲良し二人が喧嘩するなんて、よっぽどのことじゃないとないんじゃね？」

「……それが、俺ってことか？」

「……ま、それ以外にもあの二人が一番『大事』なのはお前だろうな、ってことぐらいは簡単に分かるし」

「そうか？」

「そうだよ。だってお前、見た目は冴えないじゃん？」

「……悪かったな」

「まて。まだ続きがある。対して、あの二人は引く手数多だ。にも拘わらず、お前の側にずっといるのはなんでだよ？　見た目以上に大事なモンがあるから、側にいるってことだろうが？」

「……」

「まあ、こうしてお前と付き合ってみるとお前は人のことを思いやれるし、気配りも出来る、良いヤツだってのは分かるけどな」

そう言ってにっこり笑って。

「スルメみたいなヤツだよな～、お前。噛めば噛むほど味が出る的な」

「……もうちょっといい喩えはないのかと言いたい。言いたいが……そもそも、そんな大層な人間じゃねーぞ、俺」

「それを決めるのはお前じゃなくて二人だよ」

「……」

「ま、そういうわけできっとお前が何かしたんだろうと思ってる。深くは聞かんが」

「マジで無罪を主張するが……まあ、助かる」

「おう」

そう言って藤田はコーラに口を付ける。既に残りの量も少なかったのか、『ズズズ』という音が聞こえてきた。

「あー……それにしてもお前は羨ましいよな～、浩之」

「絶賛幼馴染二人の喧嘩に巻き込まれてる俺がか？」

「そこは若干同情するが……いや、待てよ？　美女二人がお前の為に喧嘩してるなんてご褒美じゃね？」

「ご褒美なモンか」

「当事者はそうかも知れんが……アレか？　お前、漫画とかアニメとかで見る『やれやれ系』の主人公かなんかか？　俺は巻き込まれただけだぜー、みたいな？」

「そういうつもりはないが……」

「んじゃさっさとどっちかと付き合えよ？　そうすりゃ片方フリーだし、喜ぶ男子が増えるぜ？　やれやれ系じゃないいんだったら、好意を持たれてるのぐらいは分かんだろうが。お前がどっちかに告白したら、絶対に付き合うことが出来ると思うが？」

「……んなことねーよ。好意は……まあ、持たれてるとは思うけど、俺が告白したとしても……あー……いや、まあ……」

なんと答えたらいいのか。そう思う俺に、藤田は少しだけ首を傾げる。

「なんか歯切れが悪いな？　なんだ？　どっちが良いか決めあぐねてるとか？」

まあ、タイプが違う美女だもんな～と呑気なことを言う藤田に、俺は苦笑を浮かべて。

「――まあ、今のままなら『絶対』にないさ。俺が涼子と智美……どっちかと付き合うなんてことは」

俺の言葉に、しばし愕然とした表情を見せる藤田。が、それも一瞬、いつもの様にヘラヘラと笑顔を浮かべてみせた。

「んだよ〜、浩之？　まさか、両方キープとか言うんじゃないんだろうな？　そんなこと言ったら大親友の俺でもお前をぶっ飛ばす！」

「……いつから大親友なんだよ、俺ら。つうかお前、笑いながら物凄いこと言ってんな？」

ちょっと怖いんだが。主に顔が。般若か、お前は。

「んじゃなんだよ？　あ、アレか？　よくある『幼馴染なんて兄妹みたいにしか思えねー。女として見れるか！』ってヤツか？」

「……」

「あれ？」

「……んなワケあるか。だってお前、良く考えてみろ。あいつら、結構な美少女だぞ？　それをお前、幾ら幼馴染だからって『女として見られない』？」

静かに……だが、確実にワナワナと震える俺。それはまるで力を溜める火山の様で。

「んなワケ、あるか！」

……そして、噴火。

「お、おい！　落ち着けよ、浩之……」

「大体だな？　あいつら、俺んち来て風呂とか入るんだけどよ？　そのまま俺の部屋に来たりするんだぜ？　『なんの漫画読んでるの～？』とか言って近くに来てみろ！　シャンプーやらなんやらの良い香りがしてやべーに決まってんだろう！　俺だって正常な男子高校生だっつうの!?」

「ひ、浩之！」

「しかもお前、『今日はヒロユキの部屋で寝る～』とか『お布団、隣に敷いておいたね、浩之ちゃん』とか言ってくるんだぞ？　お互い高校生だぞ？　んなモンお前、寝れるワケねーだろうが！　俺の理性、マジで仕事してるぞ!?　どんだけ社畜だよってレベルで!!」

本当に勘弁してほしい。切実に。

「お、落ち着け！　静まれ！　静まり給えぇ!!」

「……ふぅ……」

「……ひ、浩之？」

……落ち着いた。ふぅ……

「……まあ、そんなわけで異性として見ていないってことはないな。むしろ、異性としてガンガン見まくってる」

「……マジかよ。そんな風には見えないけど……」

「そんな風に見せてないからな」

「……なんでだよ？　なんだ？　お前、修行僧かなんかなの？」

「男子高校生だよ、俺は。まあ……色々あるんだよ。俺にも——俺らにも」

「それ、聞かない方が良い話？」

「話して面白い話ではないと思うし、積極的に話したいとも思わない話。どうしてもって理由があれば、まあ、話さんことはないが……そんな理由、お前にあんの？」

「好奇心以外はない」

「んじゃ話さねー」

「いいよ、それで。にしても……なんだ？　お前も結構苦労してんだな？　さっきの怒り方とか真に迫るものがあったし……」

「まあな。だからまあ、幼馴染っていってもそんなに良いモノじゃないとだけは言っておく」

「……そっか。俺なんかあんな可愛い幼馴染がいたら絶対に幸せだと思ってたんだが」

「幸せは幸せだぞ？　毎朝美少女二人と登校出来るし」

最近は無理だが、小、中、高校一年まで一緒に通学してたんだ。十分に勝ち組人生といっていいだろう。

「……どっちなんだよ、お前？」

「良し悪し、ってところか。まあ、いいじゃんか。それより食ったか？　食ったらそろそろ帰るぞ」

「ちょ、待って！　後ポテトだけだから！」

そう言って紙の袋に入ったポテトを掻きこむ藤田……って、おい！　喉に詰まらせて目を白黒させるな！　ちょ、まて！　水持ってくるから！

「……お帰りなさい。遅かったわね？」

リビングのドアを開けると、そこにはソファに座って本を読んでる桐生の姿があった。そんな桐生に片手をあげて、俺はリビングの椅子に座りこむ。

「ただいま。ちょっと藤田と寄り道してた」

「……『お友達』と寄り道？」

「……」

「……なによ？」

「いや、もうお前の『私、友達いません』の自虐ネタを聞きたくないな～って」

「あら？　それは残念ね。折角持ちネタにまで昇華しようと思っていたのに」

「なに目指してんの、お前？」

「別に何も目指してはいないわよ。ただ、純粋に楽しいし、嬉しいから」

「自虐ネタが？」

「自虐ネタを言って、聞いてもらえる相手がいる、という事実がよ。その相手と同居してるのよ？　楽しいし……嬉しいに決まってるじゃない」

「……」

「照れてる？」

「ちょっとだけ。お前もだろ。頬、赤いぞ」

「ふふふ。まあね。流石にちょっと恥ずかしいと思ったわ。でも……嘘じゃないから」

「あんがとよ」

そう言って俺は頭をガリガリと掻く。こっぱずかしいことこの上ないんだが。

「……まあ、この話は此処までにしましょう。それより大変だったみたいね？」

「なにが？」

「鈴木さんと賀茂さん。貴方の教室でひと悶着あったんでしょ？」

「……なんで知ってるの？」

「学校中……とまでは言わないけど、結構な噂よ？　交友関係の狭い……というか、殆どない私の耳に入るんだもの。まあ、あの二人は目立つし、とても仲良しでしょ？　その二人が喧嘩だなんて珍しいことになってるんだから、そりゃそれぐらいの話題になってもおかしくはないんだけど……ちなみに、貴方のことも噂になってるわよ？」

「……マジか。どんなの？」

「『いつも通り、東九条が二人に言い寄られて困惑してる。爆発しろ』」

「……なにその噂。ゴシップ感が半端ない」

「まあ、それだけ平和ってことよ」

「……俺、全然平和じゃねーのに」

「良いじゃない。美女二人に取り合いにされるなんて、男の甲斐性でしょ？」

「……その上、許嫁も美女ってか」

よく考えたら三大美女制覇じゃん。何それ、俺ってもしかしてハーレム王なの？

「あら？　そう考えればそうね。凄いじゃない」

「全然、嬉しくないのが凄い」

何が嬉しくないって、日頃からの皆の視線が怖い。

「……それにしても不思議ね」

「なにが？」

「貴方、あの二人の幼馴染でしょ？　どちらかと付き合うっていう選択肢はなかったの？　女性の私から見ても、二人とも魅力的だと思うし……きっと、貴方に好意を寄せていると思うのだけど？」

「……」

「どうしたの？」

「さっき、藤田とも同じ話をしたな～って」

「あら？　そうなの？　なんて答えたの？」

「俺が涼子と智美、どっちかと付き合うなんてことは絶対にないって」

「……そうなの？」

「まあな」

「それは……理由を聞いても良い話？」

「それもさっき聞かれた」

「なんて答えたの？」

「話して面白い話ではないと思うし、積極的に話したいとも思わない話。どうしてもって理由があれば、まあ、話さんことはない」

「……そう。ちなみに私が聞きたいって言ったら？」

「……正直、気分はあんまり良くない話だぞ？　っていうか、俺——だけでもないか。皆、格好悪い話だ。あんまり言いふらしたい話ではないし、聞いたら他言無用で頼むレベル」

「……」

「それでも聞きたい？」

「……そうね。ちょっとどうしようかなって思ってる。思ってるけど……私、貴方の許嫁よ？　聞く権利も……聞く義務も、あると思う。旦那(だんな)の『浮気』のチェックは必要だし」

「……浮気って」

まあ……そう言われればそうかもな。将来、結婚する相手だもんな。過去の女性関係を詮索(せんさく)するのはどうなんだって意見もあるだろうが、俺だって桐生に男の影がチラチラしてたらあんまり気分はよろしくない。って、あれ？

「……お前、浮気は許すって言ってなかった？」

俺の言葉に気まずそうに視線を逸らす桐生。

「……言ったわね」

「んじゃ別に聞く必要なくね？」

「……」

「……」

「……う、うるさいわね！　良いじゃない！　ちょっと格好付け過ぎたって思って後悔してるわよ！　良いから、キリキリ喋りなさいっ！」

「どわ！　分かった！　分かったから怒るな！」

顔を真っ赤にしてソファの上のクッションを振りかぶる桐生をどうどうと手で制し、俺はリビングの椅子から立ち上がる。

「……長い話にもなりそうだし、コーヒーでも淹れるわ。お前も飲むか？」

肩を怒らせながら頷く桐生に苦笑を浮かべ、俺はコーヒーを淹れる為にキッチンに向かい、コーヒーを二つ用意して　ソファからリビングにあるテーブルに場所を移した桐生の前にコーヒーを置くと、俺はその向かいに腰を降ろして自身の前にもコーヒーを置く。

「さて……どこから話したもんかな」

「貴方の話しやすいところからで良いわよ」

「長くなるぞ？」

「そのつもりで淹れてくれたんでしょ、コレ？」

そう言ってコーヒーカップを掲げる桐生。その姿に苦笑を浮かべて、俺は話を始める。

「……まあ、知っての通り、俺と涼子と智美は幼馴染だ。智美とは保育園、涼子に至っては生まれた時からの知り合いだから……両方とも十年以上の付き合いになる。色々と喧嘩もしてはいたが、それでも仲良く付き合ってきたんだよ」

「……そう」

「そんな俺らの関係性が少しだけ変わったのは小学校に上がってからだ」

「小学校に上がってから……ああ、良く聞くアレかしら？　他の男子に揶揄われたりとか？」

桐生の問いに首を横に振る。

「いいや。バスケをはじめたからだ。俺はバスケが大好きだったし、バスケに夢中になった。放課後、毎日の様に遊んでいた涼子や智美を置いてまで、バスケにのめり込んだんだ」

「……酷い人ね、貴方。私だったら凄く悲しいわ。仲の良かった友達が、私をおいて他のことに夢中になると」

「……その辺りのことは申し訳なく思っているが……まあ、俺もガキだったし、正直智美や涼子と遊ぶよりもバスケの方が楽しかったんだよ」

だってあいつらとの遊びってお飯事とかだったし。若干、気恥ずかしかったのもあるが。

「んでまあ、そんな俺の態度に不満を持ってた智美と涼子だったけど……智美が行動を起こした」

「行動？」

「俺のいるバスケットチームに入ったんだ。あいつ、運動神経良かったからさ？　『ヒロユキに出来るなら私にも出来る！』って。実際、アイツはメキメキと上達して上手（うま）くなっていった。小学生の時なんて、アイツの方が俺より身長は随分（ずいぶん）高かったし、俺だって後から入った智美に負けてたまるかって感じで今まで以上に練習して……」

──気が付けば、涼子は一人ぼっちになっていた。

「……涼子が家で一人で寂しそうにしているのを知った智美は、涼子を積極的に練習や試合に誘った。その頃にはアイツ、バスケを好きになってたから止めるって選択肢はなかったんだろうし。最初こそおどおどしてた涼子だったが、練習や試合を見に来るうちに段々バスケにのめり込んでさ？　マネージャーみたいなことをし出したんだ」

インターバルでスポドリ出してくれたり、タオル渡してくれたり、はちみつレモン作ってきてくれたりしてたからな、アイツ。小六の時なんかスコアブック付けて相手チームの分析までしてたんだぞ？　立派なマネージャーだろ。

「……まあ、そんなこんなで俺たちは昔みたいに三人で過ごすことが多くなった。俺と智美が練習している姿を涼子が真剣に眺めてアドバイスしたり、或いは次の対戦相手の情報を涼子から教えてもらったりしてたんだよ」

「……本当に仲良しね」

「そうだな。本当に仲良しだと思うし……きっと、俺らは仲良し『過ぎ』たんだと思うんだよな」

「どういう意味よ？」

「俺、中学校三年に上がる前にバスケ止めたって言ったろ？」

「……ええ。あの、聞いてたら胸糞(むなくそ)の悪くなる話ね？」

「女の子が糞とか言うな。ともかく、俺はバスケを止めて——」

……ああ、クソ。ちょっと恥ずかしい。

「……まあ、アレだ。その……若干、病んでた」

「……病んでた？」

「あ、いや、病んでたっつってもそんなにアレなワケじゃねーんだが……こう、なんというか、凄く無気力というか……」

上手く言えんが。

「……そうだな。アレに近いかも。退職したサラリーマンが、することなくて無気力な感じになるって聞いたことね？」

「趣味もなく仕事に没頭してたから、時間の使い方が分からない、というアレかしら？」

「そんな感じ。小一からバスケ始めてたし、言ってみれば人生の半分以上、もっと言えば物心ついてからの大半はバスケしてたんだよな、俺。そんな俺の人生の大半を占(し)めてたバスケを止めたらさ？　俺、一体何したら良いんだろうって思って。仲の良かった友達も最初は俺に気を遣ってくれてたんだよな。自分で言うのもなんだが、一応、バスケ部のエースでキャプテン、国体選抜の候補までなった、渾名(あだな)が『バスケ馬鹿』だったヤツが急にバスケを止めたんだ。そりゃ、気にもなるだろ？」

「……そうね。確かに私も何があったのか気になると思うし……それが友人なら、心配にもなるわ」

「皆もそう考えて、良く話しかけてくれたり、遊びに連れていこうとしてくれたりしたんだ。でも、俺が素っ気ない態度ばっか取るから、段々と俺と距離を置いていって」

今考えても失礼な話だと思う。心配して声を掛けてくれるヤツらに『放っておいてくれ』だもんな。塩対応もいいとこだ。

「んでまあ、クラスで孤立……とまではいかんでも腫れ物を触る扱いを受けてたんだよ、当時の俺」

「……」

「……んで、そんな俺の姿に業を煮やしたのが智美だ。ある日の放課後、智美に校舎裏に呼びだされてな？」

今でも、その時の情景は脳裏に簡単に浮かぶ。面倒くさいと思いながら、校舎裏に向かった俺は。

「いきなり、智美に『ぐー』で殴られた」

「……は？」

「顔面の良い位置に入ってな？　鼻血が滝の様にこう、どばーって」

「ちょ、ちょっと！　大丈夫だったの!?」

「まあ、実際はちょっと切れただけだったんだが、血管に近いところだかなんだかで血が相当出た。智美、俺に怒るつもりで呼び出したくせに、俺があんまり鼻血出すもんだから焦って焦って。半べそ掻(か)きながら『ご、ごめん！　ごめん、ヒロユキ！』って」

男子中学生が鼻から大量に血を流し、涙ながらに女子中学生が謝るって、今考えたら地獄絵図だよな、ホント。つうかさ？　普通、女子が『ぐー』で殴るか、『ぐー』で。

「……まあ、それでようやく鼻血も止まって半べそ掻いてた智美も泣き止んで……それで、言われたんだよ。『いつまで拗(す)ねてるんだ』って。『アンタがバスケを止めたのは、アンタの都合でしょ』ってな」

涙ながらにそう言って——そして、最後に言ってくれた。

『——いつまで拗ねてるのよ！　アンタがバスケを大好きだったのは知ってる！　バスケをしてるアンタが格好良かったのも！　でも、別に、アンタの楽しいことはバスケだけじゃないでしょ!?　他のしたいことも……『楽しいこと』もあるんじゃない？　ないんだったら、それ、見つけようよっ！　私も付き合うからさっ！』

「……その後、智美は俺を連れて俺が塩対応取ってたツレ周りに一緒に謝りに行ってくれてな。『この度(たび)はウチのヒロユキが随分とご迷惑をお掛けしまして……この子、本当にガキなんです。許してやってください』って」

「……お母様みたいね」

「呆気(あっけ)に取られてた友達も智美のその態度に笑って許してくれて。『良い奥さんだな、浩之』

なんて随分揶揄われた」

「奥さん、なんだ」

「……まあ、中学生の言うことだからな」

「ちょっともにょっとするけど……でも、待って？　鈴木さんはそうやって、貴方を……どう言えばいいのかしら？　正常な状態に戻した？」

「まあ、活を入れてくれたな」

「賀茂さんは？　賀茂さんはその時、何をしてたの？」

「……少し話が前後するが、俺もバスケ以外にも『楽しい』と感じる様になったころ、涼子に一冊のノートを渡されたんだよ」

「ノート？」

「『これはもう、浩之ちゃんには必要ないかも知れないけど、もしよかったら使ってね』って。ほら、大きめの運動公園とか行くとサッカーのゴールとかはあっても、バスケのゴールってあんまりないだろ？」

「ええ」

「だから電車で一駅程度の場所にある公園で、バスケのゴールがあるところを片っ端からマッピングしてくれてた。そのほかにも強豪校の練習メニューとか、ワン・オン・ワンを良くやってる公園だとか、一人で練習しやすそうな公園とか……まあ、そういった細々した情報を書いたノートをな」

部活に所属していないと、『バスケット』をプレーする環境は日本ではまだまだ少ない。ドリブルやパス練習は出来んでもないが、シュート練習は流石にゴールがないと効果半減だしな。

「……」

「『いつか、浩之ちゃんはきっとバスケをしたいと思うだろうから。その時の為に、これを有効活用してくれたら嬉しいな』ってな」

「……意外に厳しいのね、賀茂さん」

「厳しい？」

「だって、鈴木さんは貴方がバスケを止めることを是としたのでしょ？　でも賀茂さんは貴方がバスケを止めることを否としているように見えるのだけど？」

「あー……まあ、否とまでは言わんが……まあ、確かにその気はあるかもな。あいつ、強いし」

「……本当に意外ね？」

「世間様の評価では智美は強い、涼子は優しいってイメージかも知れんが、実態は真逆だ。いつだって強いのは涼子だし、いつだって優しいのは智美の方だよ。まあ、勿論涼子も優しいし、智美も強いんだが……よりどちらがって話になるとな」

「……流石、幼馴染ね？　よくわかってるじゃない」

「昔からの付き合いだしな。まあ、そうやって智美は俺をクラスの連中と仲直りさせてくれた。それだけじゃない。あいつは宣言通り、俺の『楽しいこと』を一緒に探してくれたんだ」

あの時代の俺の思い出には、いつだって智美がいる。

『ヒロユキ！　中川君がカラオケ行くって！　アンタも行くわよ！　よし！　私の美声を聞け！』

『美味しいカフェ見つけた！　これで女子力アップだ！　涼子も連れて三人で行くぞ～！』

『ヒロユキ、買い物行こ？　え？　荷物持ち？　そんなつもりは……ちょっとだけ』

『ヒロユキ！　文化祭の打ち上げ！　盛り上がってる？　さあ、張り切っていこー！』

『ほらほらヒロユキ！　私たちが体育祭実行委員なんだから、しゃきっとする！　え？　『よ！　東九条夫妻』？　いや～みんな？　私、婿取り派なんです。鈴木夫妻と言って下さいな？』

「……有言実行。いつだって智美は俺の側で、俺の『楽しいこと』を見つけてくれようとして、そんな智美の『優しさ』が、なにより嬉しくて」

　すっかり冷めたコーヒーを口に含み。

「──俺は、そんな智美の『優しさ』に、いつの間にか惹かれていたんだ」

「……惹かれた、というのは？　人間的な魅力に、ということ？　それとも……女性として、ということ？」

「後者だな。女性としてお付き合いをしたいと思った。俺たちの仲は……そうだな、普通の男女の中学生よりは十分深かっただろうけど、それ以上の仲になりたいと、そう思ったんだ」

「……」

「でも俺、ずっとバスケばっかりだっただろ？　だからどうしたら良いか、相談したんだよ」

俺の気まずそうな顔に気付いてか、桐生が顔を顰めた。そのまま、恐る恐る口を開いた。

「……貴方……まさかとは思うけど……」

「……」

「……だ、誰に相談したの？」

「……」

「……」

「……………………涼子に」

額に手を当てて天を仰ぐ桐生。ちゃ、ちゃうねん！

「……賀茂さんが貴方のことを好きだとは思わなかったの？」

「……もう、本気でぶっちゃける。当時は全く思わなかった。涼子って引っ込み思案なところもあったから、俺や智美がいつも引っ張り回してたから……こう、妹みたいな守るべき家族って印象が強くて。ああ、いや、智美だって家族並みに仲も良かったし家族ぐるみでも仲良かったんだが……なんていうか……『親友』？　親友に近かったんだよ」

それに、そもそも自分の恋愛相談が出来るツレなど……まあ、現実的に涼子しかいなかったし。他の男のツレには恥ずかしすぎて言えん。

「妹に親友、ね。なるほど、それなら好きになるなら親友の方が可能性は高そうね。それにしても……貴方、デリカシーのカケラもないわね？」

「……言うな、マジで。随分泣かれたし……引っ叩かれた」

「……そう」

あの日は修羅場だった。いや、俺が悪いのは百も承知だが、『俺、智美のことが好きなのかも知れん』といった瞬間、目の前に火花が散ったもんな。

「……ちなみになんて言われたの？」

「『なんで私にそんなこと言うの？　私が浩之ちゃんのこと、好きかも知れないって全然思わなかったの？　それ、凄いショックだよ』って」

「……反省しなさい」

「……猛省してます」

「よろしい……って、私が言うことじゃないけど。それで？」

「……色々あったけど、涼子は納得してくれたんだ。『寂しいけど、それを浩之ちゃんが決めたなら仕方ないね』って」

「……強いわね」

「……言ったろ？　いつだって強いのは涼子なんだよ」

「……そうね。本当に……賀茂さんは、強い」

噛みしめる様にそういって、桐生は視線をこちらに向けて。

「それで？　貴方は鈴木さんに告白して……」

そこまで喋り、桐生は首を捻る。

「……待って？　え？　一体、どうなったの？　二人は付き合うことが出来たの？　それとも出来なかったの？」

「結論から言えば出来なかったな」

「それじゃ……貴方は振られたってこと？　え？　振られたのに今の関係なの？　いえ、そもそも賀茂さんと貴方、なんで今でも普通に接しているの？　賀茂さん、振られたってことよね？　いえ、貴方たちが仲良し幼馴染なのは知っているつもりだけど……」

解せないと言わんばかりの桐生に一つため息。

「別に振ったワケじゃねーよ。告白されたワケじゃねーし」

『好きだと思わなかったの？』と、泣かれたのと、引っ叩かれただけだ。

「……状況証拠だけで十分有罪クラスだと思うのだけど？」

「……まあ、否定はしない」

「……まあ、賀茂さんは良いわ。此処で賀茂さんの気持ちを推測しても意味がないもの。それで？　貴方はどうなのよ？　貴方は、鈴木さんに振られて……なんで、今まで通りの付き合いが出来るの？」

その桐生の問いに、俺は小さく肩を竦めて。

「……別にフラれたワケじゃねーからだ」

「……どういう意味？　貴方、告白しなかったってこと？　なに？　怖気付いたの？」

「前半は正解。後半は不正解」

「……意味が分からないんだけど」

首を傾げる桐生。まあ、そうだよな。わけが分かんないよな？　でも、これが本当のことなんだよ。

「そのまんまだよ。告白はしていない。でも、別に怖気付いたワケじゃない」

カップに目を落とし、コーヒーが空になっているのに気づく。視線で問うと、コクリと頷いた姿が見えたので、桐生のカップを手に取り新たにコーヒーを二杯入れると、一杯を桐生の前に置く。

「……アレは体育祭終わって直ぐだったかな？　受験が近くなってきた時期にどうかとも思ったけど……それでも、毎日毎日智美の隣で気持ちを隠して笑っているのはしんどくなったんだよな。我ながら自分勝手だと思うけど、それでも智美に教室で残ってもらって……」

秋空の日差しが教室を照らすそんな中。目の前にいる智美に、想いの丈をぶちまけようとして。

「……言われたんだよな、先に」

『私ね？　きっと、ヒロユキのことが好きだと思う。人として、じゃないよ？　男として。でも……でもね？』

泣き出しそうな顔で。

『――私は、『三人』が良いな、ヒロユキ』

「……それって」

「そんなこと言われて、告白出来るワケねーだろ……そうして、俺の儚い恋心は告白する前に砕け散りました、というわけだ」

淹れたばかりの熱いコーヒーを啜る。少しばかり茫然とした表情を浮かべていた桐生だったが、やがて冷静さを取り戻したか、ゆっくりとコーヒーに口を付けた。

「……そう。その……上手く言えないんだけど……」

「いや……まあ、上手くも言えんか」

そう言ってふぅっとため息を吐き、天井を見つめる。

「……最初は体のいい断り文句かな、って思ったんだけどさ？　涼子曰く、『それだけは絶対ない』ってことだったし……きっと、本音なんだろう、アレが」

「……」

「……幼馴染って結構難しいんだよ。小さい頃は良いんだ。『三人』で過ごせるから。同性同士でも良いんだ。『三人』で過ごせるから。でも、異性と同性の幼馴染は
どうしたって、『二人』と『一人』になるから。

「……智美はそれが許せなかったんだろう。きっと、誰よりも優しいアイツのことだから……俺が智美と『二人』になって」

賀茂涼子という女の子が。

「……涼子が『一人』になるのが、許せなかったんじゃないかな。アイツは……優しいから」

「……」

なんだか泣き出しそうな表情の桐生。そんな桐生に、俺は笑顔を浮かべてみせる。

「……涼子もその智美の意志を汲んでくれてな？　だからまあ……俺らは未だに三人で一緒にいるわけだし……仲も良いってワケ」

「……」

「……なるほど。ある程度、理解したわ」

そう言って、ゆっくりとコーヒーを啜る桐生。その後、少しだけ揺れる瞳をこちらに向けてきた。

「……はい」

そういって小さく手を挙げる桐生。

「なんだ？」

「その……少しだけ疑問だったのよ。この許嫁関係について」

「許嫁関係？」

「ええ。私は……前も言ったけど、自分で納得してこの関係を選んだわ。でも、貴方は……その……」

「……まあ、俺にとってはメリットねーわな」

アレだろ？　桐生家も桐生も納得してるけど、ウチはウチの家だけしか得してないとかそんな話だろ？

「ええ。普通、高校生なんて我儘なものじゃない？　なのに貴方は意外に素直、というか……普通に受け入れていたじゃない？」

「普通にってわけでもないが……」

俺だって葛藤はあったぞ？

「その……もしかしてこの関係を受け入れたのって——」

言い掛けて口を噤む桐生。なんだ？

「どうした？　なんか聞きたいことあるんだったら、答えられる範囲で答えるけど」

「——いえ、いいわ」

「興味ない？」

「いえ、そんなことはないけど……でも、良いのよ。ズルい気もするけど……まあ、藪をつついて蛇を出す必要もないしね」

そう言って曖昧に笑ったあと、桐生は居住まいを正して。

「そ、それで？　貴方、今はどうなの？」

「なにが？」

「……そ、その……」

——未だに鈴木さんのことが好きなの？　と。

「……どうかな？　女性として魅力的だとは思うし、告白されたら付き合う。自分でいくのはちょっと無理、ってな感じだったかな？　最近までは」

「……最近までは？」

「今はお前がいるじゃん。許嫁だろ？」

そんな不誠実な真似は出来んよ、流石に。

「……同情かしら？　それはちょっと不満よ？　もし、どうしてもと言うなら、私がお父様に
──」

「ああ、そうじゃなくて」

……すげー照れ臭いが。

「……その……なんだ？」

頑張り屋で。

「俺はその、アレだ。今の生活を結構気に入ってるワケで……」

口は悪いけど……そこまで性格は悪くなくて。

「そのな？　此処でこう、手放してしまうのは惜しいと言いましょうか……なんと言いましょうか……」

そんなコイツとの生活が──俺は、結構気に入ってるんだ。今更、手放すなんて考えられないから。

「……」

「……」

「……ねえ？」

「……なに？」

「……踊っても良い？」

「なんで!?」

なんで踊るの、急に!?　どうした、桐生!?

「嬉しいと小躍りするっていうでしょ？　私、小躍りはしたことないけど……社交ダンスなら出来るから。一緒に踊る？」

「踊りません。下の人に迷惑……にはならんか、防音完璧そうだし、此処」

「冗談よ。冗談だけど……そう言ってくれたのは、凄く嬉しいわ」

そう言って花が咲くような笑顔を見せる桐生。その姿にもう一度、なんだか照れ臭くなってきて、俺は頭をガシガシと掻く。

「……まあ、そんな感じだ」

「そう……分かったわ」

「な？　聞いててあんまり面白い話じゃなかっただろ？　俺がヘタレなのとデリカシーのカケラもないところが分かっただけの話だ」

正直、俺に旨みがない。なんでこんな話になったんだったっけ？　ああ、そっか。悪の元凶は藤田か。

「それじゃそろそろ晩御飯にしようか？　何食う？」

「貴方、外で寄り道してきたんでしょ？　何か食べたのではないの？」

「あんなもん、おやつだ、おやつ。まだ腹減ってるし」

「そうね。それじゃ冷蔵庫の中を見て適当に作りましょうか……貴方が」

「……俺？」

「……私が作っても良いけど、もう少し時間がある時にしっかり準備をした方が良いと思うのよね？　主に、二人の為に」

「……確かに」

流石に桐生に今から料理をしてもらっても……うん、まあ、食べる分には問題ないかも知れないが、なんとなく侘しい食卓になりそうではある。作ってもらって文句を言うつもりはないけど……ね～？

「……そういう意味では私も料理を勉強しないとね。東九条君も、遅く帰ってきた日が焼いたお肉ばっかりだったら嫌でしょ？」

「健康で文化的な生活ではないかもしれんな」

「料理本の類でも買ってこようかしら。あれ、便利なのよね？」

「まあ、レシピ通り作れば問題はないはず。でもそれなら動画とかの方が良いかもな。本だけでも理解できるだろうけど、やっぱり見た方が分かりやすいだろ？」

「……」

「……あれ？」

「……今の私のレベルで動画見た程度で出来る様になると思う？」

お、おお……確かに、あの包丁の持ち方してるレベルのヤツが動画見ても上手く作れる気はしない気がする。どんな料理動画でもある程度『基礎』は理解している前提だもんな。こいつ、目分量とか言われたらサイクロプスの目並みの分量の塩とか入れかねん。

「……涼子にでも教えてもらうか？　あいつ、料理上手いし」

「……私に教えてくれるかしら？」

「大丈夫だろ」

引っ込み思案だけど人当たり良いヤツだし。最近、弁当も一緒に食ってる仲だし、断ることはないだろう。

「……ちょっと緊張するけど……それじゃ折角だし、今度賀茂さんをこの家にご招待しようかしら？」

「良いかもしれんな。言っておくか？」

「お願いできるかしら？　それじゃ、今度の土曜日どうかしら？」

「涼子の予定を聞いておくよ。良かったら此処で食事会だな」

「うふふ。楽しみね！　ああ、でも」

そう言って、俺の方に視線を向けて。

「賀茂さんが来るけど……賀茂さんのことばっかり構ったら、ダメだからね！　余所見しちゃ……ヤ、だよ？」

第二章　肉じゃがは強く、また、涼子も強い

涼子から『土曜日、オッケーだよ～』との連絡を受けた俺は、土曜日の朝、久しぶりに実家に——というか、実家の隣の涼子の家を訪れていた。ピンポーンと玄関の呼び鈴を鳴らすと、『今開ける』という声と共にドアが開き、中から妙齢の美女が顔を出した。

「……なんだ、浩之じゃないか」

「お久しぶりです、おばさん」

「やり直し」

バタン、と扉が閉められる。俺はため息を吐いてもう一度呼び鈴を押した。

「なんだ、浩之じゃないか」

「……お久しぶりです、凜さん」

「よし。上がって良いぞ」

そう言ってドアを開けてにっこりと微笑む美女、賀茂凜さん。涼子のお母さんだ。十七歳の娘がいるとは思えないほど抜群のプロポーションと年齢を感じさせない美貌を誇っているが……いや、誇っているからか？『おばさん』と呼ばれるのを嫌う。まあ、アレだ。美魔女っ

「それにしても随分久しぶりだな。高校に上がってから初めてじゃないか、浩之と会うのは」

「そうっすね……最後に凜さんに会ったの、卒業式じゃなかったですか？　その時もあんまり喋った記憶ないですし……っていうか、珍しいですね？　凜さんが家にいるの」

「式の直ぐ後にイタリア出張だったからな。それからちょっと立て続けに出張が詰まってて、ようやく昨日ニューヨークから帰ってきた」

「……一年振りの日本ですか？」

「いや、その間もちょくちょく帰ってはきたけど、二日とか三日の滞在だったからな。今回は久しぶりに一か月も日本にいられる。しかも、我が家でだ」

凜さんは某有名ブランドのデザイナーをしている。詳細は知らんが、立ち上げ初期メンバーの一人で、結構忙しく世界中を飛び回っているのだ。だから、こうやって家で会えること自体が結構レアだったりする。

「それで？　今日はどうした？　涼子とデートか？」

「んな色気のあるモンじゃないですが……ちょっと、友達の家に遊びに行こうかと」

「智美？」

「いえ……あいつら今、絶賛喧嘩中なんで」

俺の言葉に、凜さんは分かりやすく顔を顰めて。

「あー……またか。お前、今度は何やった？」

おい。なんで俺の周りはこうやって俺を犯人に仕立てあげたがるんでしょうか?

「……凛さんもそんなこと言います? なんか冤罪率が半端ないんっすけど。違いますよ。純粋にあいつら二人の喧嘩ですよ」

「二次元の中にだけにしておけよ、鈍感系主人公など。私も礼二をなんどしばき倒してやろうと思ったことか……」

ちなみに礼二とは賀茂礼二さんで、涼子のお父さんだ。

「もうその話、お腹いっぱいなんで。涼子、呼んでもらえます?」

礼二さんと凛さんが、如何に大恋愛の末に結ばれたかを凛さんは酔った席で必ず語る。幼少時より聞いてる俺としては少々食傷気味だし……それを聞かされる娘としては堪ったもんじゃないんだろう。真っ赤になって怒る涼子、までが幼馴染たちの間での恒例行事だ。

「なんだ。涼子、出かけるのか。折角涼子のご飯が食べられると思ったのに……」

「あー……すみません。土曜日、大丈夫って聞いてたんで……」

「別に浩之が謝ることじゃないさ。そうだ。芽衣子はいるか?」

「母さんですか? えぇっと……いるんじゃないんですか?」

「今日は久しぶりに芽衣子とショッピングとでも洒落込むか。連絡をしてみよう」

芽衣子とは俺の母親で、凛さんとも仲良しである。なんでも、高校時代からの親友だとか。

『偶然だ』と凛さんは主張しているが……家を買った時点で隣同士に高校時代の親友が住むなんて偶然は絶対ないと思うので、きっと凛さんと俺の母親が結託して隣同士に家を建てたんだろうと俺は睨んでる。いや、別に構わんのだけどね、結託してても。

「そうですね。母さんも退屈そうですし、たまには息抜きに連れてってあげて下さい。それで」

「ああ、涼子だったな」

おーい、涼子〜と階下から二階の涼子の部屋に声を掛ける。と、二階から『はーい……え？ちょ、アレ!?』なんて涼子の声が聞こえてきた。その後、バタン、と大きな音を立てて扉が開くと、中から焦った様に涼子が顔を出して。

「な、なんでお母さん、いるの!? ニューヨークにいるって言ってなかった!?」

「……帰ってきたの、言ってなかったんですか？」

「驚かせてやろうと思って黙ってたの、忘れてた。昨日も帰ってきたの夜中だったし」

そう言って笑う凜さんに俺はため息を吐いた。相変わらず子供っぽい人だよな、この人。

「ごめんね、浩之ちゃん。ちょっと慌てちゃって。恥ずかしいところ、見せちゃった」

「いいさ。っていうか凜さん、相変わらずだな。お茶目というかなんというか……」

「四十越えた良い大人がお茶目も何もないよ。あれは子供っぽいって言うの」

不満そうに頰を膨らます涼子。まあ……気持ちは分からんでもない。

「でも、今日は芽衣子さんが遊んでくれるらしいから良かったよ。ごめんね、ウチの母親が迷惑かけて」

「……たまに凜さんと涼子、どっちがお母さんか分かんなくなるよな……」

俺らが小さい頃から凜さんは既に世界中を飛び回っていた。仕事は抜群に出来る……らしい人だが、それと相対して生活力は低い。必然的に、涼子の家事力はぐんぐんと高まっていったというわけだ。小学生の子供が家事力高くなる理由が『生きるため』というのは哀愁と、若干のネグレクト臭を感じないでもないが……まあ、凜さんも礼二さんも涼子を大事にしていたのは分かるし、ウチの親父も母さんも、涼子を実の娘の様に可愛がってたし、茜は本当のお姉ちゃんの様に懐いていたからか、涼子は拗ねることなく、すくすくと育ったってわけだ。

「ウチのお母さん、子供だからね～」

「……どうしよう、否定できない俺がいる」

「否定できないもん。ま、お母さんのことは良いよ。それで？　今日は桐生さんにお料理を教えれば良いの？」

「そうだな。出来れば頼む」

おもに、俺の食生活の為に。

「それは全然良いんだけど……ちなみに桐生さん、どれくらい料理できるの？　それによって教え方も変わるし」

どれぐらいいって……

「……人を亡き者にする包丁の持ち方をする」

「……は？」

「なんでもない。ええっと……基本的にあいつのスキルは『焼く』だな」

「……はい？」

「とりあえずなんでも焼けば良いと思ってる節がある。『焼けば基本、なんでも食べれるのよっ！』って……なんでも焼く」

肉も、魚も、野菜も。なもんで、基本的に桐生の料理当番の日は全体的に食卓が茶色になりがちではある。

「……煮るは？」

「……向いてないっぽい、アイツには」

「……揚げるは？」

「……俺が怖い。火事だけは勘弁」

「……」

「……」

「……あ、でも、米を炊く(た)のは凄く(すご)上手い(うま)」

「……文明の利器の勝利っぽいんだけど……」

「……でも、俺が炊くよりうまいんだよな、アイツの米って」

「それ、バーナム効果じゃなくて？」

「……分からん」

同じ手順で炊いても桐生が炊いた米の方が美味く感じる。なんだろうな、アレ。マジでバーナム効果なのか？

「そっか……それじゃ、殆ど料理してないって感じだね、桐生さん」

「まあアイツ、お嬢様だし。料理をする環境になかったというか……」

「そうだよね～。うーん……それじゃ……」

そう言って顎に手を当てて少しばかり考え込み。

「――うん！　それじゃ今日のご飯、肉じゃがにしよっか！」

素晴らしい笑顔で、そう言うと『いこ？』と俺を促すように一路、わが家への家路を急ぐ。

「……おっきいね～」

俺に連れられて俺と桐生の新居――三十二階建ての高層マンションを、ポカンと口を開けて見上げた後、涼子の口からポツリと言葉が漏れた。

「……スゲーだろ？」

「うん。こんなのテレビでしか見たことないよ……やっぱりお嬢様だったんだね、桐生さんって」

「……そうだな。俺も最初はびっくりしたし」

そう言って、何度も見上げたマンションを俺ももう一度見上げてみる。最近、当たり前の様に帰ってきてたんでそうとも思わないが……改めて見直すとマジで凄さが分かる。

「それじゃ行くか」

「うん。でも……良かったの？　食材、全然買ってないけど……」

「良いんじゃね？　さっき電話で言ったら『食材はある』って言ってたし」

『肉じゃが……そう。そうなのね。肉じゃがなのね……上等よ！　リベンジしてやる！』とかなんとか言ってたけど。そう言えば豪之介さんがじっけんだ——じゃなくていけに——でもなくて、え、ええっと……最初に桐生の料理食べたのが肉じゃがだったな。

「……でもなんで肉じゃが？　アレか？　男を落とす料理的な？」

「浩之ちゃん、肉じゃが好きなの？」

「あー……いや、まあ嫌いじゃないけど……」

「男を落とす料理なんて嘘っぱち……とまでは言わないけど、眉唾ではあるんだよ」

「……そう言えばアレ、なんで男を落とす料理って言われてんだろうな？」

「ザ・家庭料理、って感じだからじゃないかな？　肉じゃがが上手に作れる子は家でも料理をしっかりしてる子ってイメージだから、流行に左右されないって感じだと思うよ？」

「……ほう」

「後は……ほら、良くあるでしょ？　『女性が作ってぐっとくる料理』みたいな特集」

「……あるな」

「カレーとかハンバーグとかも定番だけど、やっぱりイメージとして『肉じゃが』ってのがあるから。そもそも咄嗟に『彼女に作ってもらって嬉しい料理は？』って聞かれたら、よほどの好みがない限り、なんとなく『肉じゃが』って答えるんじゃない？」

「……なるほど」

確かに奇をてらうよりもそっちの方が無難な感じはする。特に好きでも嫌いでもないってのがミソといえばミソの気がするが。

「まあ、今はそこまで難しくもないんだけどね？　お店で出すような肉じゃがならともかく、家庭料理だったら圧力鍋(あつりょくなべ)とか使えば時短も出来るし。もっと言えば、『肉じゃがの素』みたいなのもあるから、味付けも『素』任せでも十分美味(おい)しい肉じゃがが出来るし」

「……なんか一気に肉じゃがに対する憧れがなくなってきたんだが」

まあ、別にそこまで憧れがあったわけじゃないんだが……なんとなく、ちょっとがっかり感はある。

「まあ、良いじゃない。それに――」

一息。

「浩之ちゃんは知らないだけで……肉じゃがは、最強なんだよ？」

「……いらっしゃい、賀茂さん。お待ちしていたわ」

「本日はお招きいただきありがとうございます。これ、良かったら食後に食べよう？　クッキー焼いてきたんだ」

エレベーターに乗って最上階である三十二階へ。エレベーターの中でも『へー』とか『ほー』とか感嘆の声を上げて若干ビビっていた涼子だったが、三十二階のフロアで『ここ、俺らの住む部屋ともう一部屋しかない』と告げると開き直ったのか冷静さを取り戻し、いつも通りの柔和な笑顔で桐生に小さな紙袋を手渡していた。っていうか桐生？　なに、その顔。

「いえ……こちらからお招きして、その上で料理まで教えてもらうのに、クッキーまで貰って良いのかしらって」

「気にしないで？　っていうか、お招き頂いたら手土産ぐらいは持参するよ～」

「つく……この圧倒的な女子力の差……！」

「……アホなこと言ってないでさっさと入れろ」

玄関先で涼子の差し入れのクッキーの袋を持ったままプルプルと震える桐生。あのな？　そもそも女子力って――

「……って、あれ？」

「な、なにかしら？」

「お前、朝そんなかっちりした服装だったっけ？」

「……そ、そうよ？」

「いや、それにしちゃ……っていうか、なんかちゃんと化粧もしてるし」

確か朝はもうちょっと部屋着っぽい服だった気がするんだが……今は黒のちょっとおしゃれっぽいワンピース着てるし、いつも家の中ではしない薄化粧までしてる。

「……お前、まさか」

「べ、別に賀茂さんが来るからって浮かれたワケじゃないわよ!? た、ただ……そ、その、お知り合いを迎え入れるのにあたって最低限の礼儀としてね!?」

……こいつ、初めて『学校の同年代』を家に招き入れることに張り切りやがったな？ いや、今まで考えれば分からんでもないが……なんだろう、ちょっと不憫な気もする。

「と、ともかく！ さっさと料理をはじめましょう！ もう、材料は揃ってるわ！」

「そうだね～。あんまり遅くなるとアレだし、ちゃっちゃと済ませようか～」

のんびりそう言って、『お邪魔します』と靴を脱いで部屋に上がる涼子。『こっちよ』と涼子を先導する形で歩く桐生の後ろに涼子、その後ろに俺というRPGとかに出てきそうな並びでキッチンへ。

「キッチンも広いね～。これは使いやすそうで良いね！」

「まあ、俺と桐生じゃ宝の持ち腐れだけどな」

「くぅ……じ、事実だけど……なんか、悔しい」

「まあまあ桐生さん。料理は一日にしてならず、だよ。ほら、一緒に作ろ？ 今日は肉じゃがだから」

涼子の言葉に渋い表情を浮かべる桐生。

「……私、肉じゃがで手痛い失敗してるんだけど……大丈夫かしら？」

「そうなの？ ああ、あれ？ もしかして生煮えだったり？」

「……そうよ」

悔しそうに唇を噛む桐生。そんな桐生にポンと手を打ち、涼子は持ってきたカバンの中をごそごそと漁りだす。

「桐生さん、野菜とかそのまま鍋に入れて煮込んだんじゃない？」

「……そうよ？　普通じゃないの？」

「いや、普通だけどね？　でも、それじゃ料理の初心者の人ってあんまり上手く出来ないんだよ～。味付けもだけど、食材の火の通りとか見るのが結構手間だからね。食材によって火の通る時間も異なるし。だから……」

そう言ってカバンから何かを取り出す涼子。なにそれ？

「これはシリコンスチーマーだよ？　これに入れて電子レンジでチンすると、野菜とかの煮込む時間が短くて済むんだ」

「……へー。圧力鍋みたいな感じか？」

「あー……原理は違うけど、まあ時間短縮って意味ではそうかも。でもホラ、あれって料理初心者の人って怖いっていうじゃん？」

まあな。爆発事故だってあったらしいし……桐生が使うと、部屋が爆発する大惨事な未来しか見えない。

「……そんな便利なモノがあるのね」

「うん。今は百均とかでも売ってるよ？　これ、ウチで余ってたヤツだから置いて帰るね？

百均のよりは容量が多いから、重宝するよ？」

「……いいのかしら？」

「うん。電気屋さんのチラシのプレゼントで貰ったヤツだから」

そう言って『野菜室、失礼するね？』と野菜室の引き出しを開けるとじゃがいも、にんじん、玉ねぎを出すと手際よく袋を開けてそれぞれ取り出していく。取り出していくんだが……

「……三人前にしては多くない？」

「そうだね。でも今日はこれで良いんだよ？」

持ってきたエプロンを付けると、シンクの下の棚から包丁を取り出して、トントントンとリズミカルに野菜を刻んでいく。

「……上手ね。これが……女子力……！」

戦慄した様に呟く桐生。なに？　女子力、桐生の中で流行語なの？

「桐生さん、肉じゃがって凄く便利な料理って知ってる？　個人的には最強っていって良いんじゃないかと思ってるんだけど」

「凄く便利な料理……それはどういう意味かしら？　『男を落とす料理』と呼ばれているのは知っているけど……」

「それもあるけど……そうじゃなくてね？　ホラ、献立を考えるのって結構大変じゃない？」

「……そ、そうね」

目を逸らす桐生。そうだよな。お前、基本『焼く』しか出来ないもんな。正確には献立を考えるっていうか、焼くもの考えるが正しいもんな？

「……なにか失礼なことを考えてないかしら、東九条君？」

「……考えてません」

「もう、浩之ちゃん。本当に献立って考えるの大変なんだよ？　特に学校から帰って宿題して、掃除して、洗濯物した後って結構疲れるし」

「……」

もう完全にそっぽを向く桐生。そうだよな。お前、『別に掃除なんか毎日しなくても大丈夫よ』って言ってるもんな？

「……そ、それで？　献立を考えるのと、肉じゃがが最強なのはどう繋がるの？」

「誤魔化した」

「なにか言ったかしら、東九条君？」

「……別に」

「もう！　浩之ちゃん、茶化さない！　ほら、桐生さん？　食材、良く見てみて？　何かに気付かない？　具体的にはこの材料、なにかに使われてないかな？」

涼子にそう言われて、俺はまじまじとまな板の上を見つめる。ああ、これって。

「……カレー、か？」

「……ポトフ、かしら？」

俺と桐生、別々の答え。それにもかかわらず、涼子は満面の笑みを浮かべる。

「両方正解。ほら、肉じゃがに使われている食材ってどんな料理にも使われてるのが多いの。だから、肉じゃがを使った材料でそのまま、他の料理に流用出来るんだ」

「……へー」

「肉じゃがを月曜日に作るとするじゃない？　そうしたら、次の日は水を足してカレールーを入れてカレーにするの。カレーは一日置いた方がおいしいから、水曜日もカレー。普通のカレーだけじゃ寂しいならスーパーでお総菜(そうざい)でも買ってきてカツカレーでも良いし。木曜日は残ったカレーとご飯をグラタン皿に入れてチーズをのせて焼けば、カレードリア！」

「おお」

「……凄いわね。でも、それじゃ金曜日が余るのではなくて？」

「金曜日はホラ、次の日休みでしょ？　だから夜もゆっくり出来るし、洗濯物とか後回しに出来るから、料理に時間をゆっくり使えるじゃない？」

「……確かに」

「ちなみにスタートをポトフにしても良いよ？　そうしたら次の日はクリームシチューにして、その次の日はマカロニ入れてグラタン。残りの量が少なくなるから、木曜日はご飯でかさましすればホラ、こっちもドリアの完成でしょ？　こうすれば二週間分の献立はクリアできるんだ。コスパも良いし、適度に味も変わって飽(あ)きもこないし、結構良いんだよ」

「……なんかカレーとかシチュー類が多くないか？」

俺の言葉に『たはは』と苦笑する涼子。いや、別に文句を言うつもりはないし、俺、カレー好きだから問題ないんだけどね？

「……まあね。これってどっちかって言うと『手抜き料理のアレンジ料理』みたいな感じだし……特に一遍カレーとかシチューにしちゃうと、どうしても元の味が勝っちゃうから、その後のアレンジはどうしても元をベースにしちゃうんだよね。でもさ？　お料理そんなにしたことない桐生さんには成功体験も必要だと思うんだよね。これなら初日失敗しない限り、失敗する可能性は低いんだよ」

「……だろうな」

「それに……やっぱり、『美味しい！』って言ってもらった方がテンション上がらない、桐生さん？」

「……確かにね。そういう感想があった方がモチベーションは上がるわ」

「でしょ？　まあ、夏場にやると痛みが激しいからお勧めしないけど……今ならまだ大丈夫だろうし、今のうちに沢山成功体験積んで……冬ぐらいには料理が好きになってたら良いんじゃないかと思うんだ。その為には基礎となる肉じゃがを学んだ方が良いと思うんだよ」

そう言ってにっこり笑って。

「──だってね？　肉じゃがって最強だもん？」

微笑む涼子を前に、桐生はワナワナと震えて。

「──これが……女子力……！」

……桐生、これ、女子力ちゃう。主婦力や。いや、まあ、凄いんだけどね？

「……粗茶ですが」

「お茶じゃないけどな」

「東九条君、うるさい。さあ、賀茂さん？　どうぞ」

「うん、桐生さん。ありがとー！」

テーブルの上には涼子特製のクッキーが皿に盛られている。それを一枚摘んで食べると、バターの香りと冷めてもなお『さくっ』とする感覚に思わず頬が緩む。

「……これこれ。この味だよな」

「浩之ちゃん、好きだもんね、このクッキー」

「まあな」

「小学校の時なんて、放課後になるたびに『涼子、あのクッキー焼いて！』って」

「あー……だな。普通に市販のクッキー買うより美味かったからな、こっちの方が。なんかコツとかあんの？」

「ふふー。秘密～。教えてあげなーい」

「なんでだよ？」

「だって、作り方教えたら浩之ちゃん、自分で作るでしょ？　それはちょっと面白くないもーん」

「……なんだよ、それ」

料理上手な涼子であるが、このクッキーはそれに輪を掛けて上手い。なんだろう？　毎日食べたくなるってワケじゃないけど、たまに無性に食べたくなる味だ。作り方を教えてもらうと、自分で作れるから便利でいいんだ――

「……いてっ！」

と、唐突にわき腹に痛みが走る。視線をそちらにむけると、桐生の左指が俺のわき腹を抓っている姿が見えた。

「……なんだよ？」

「……別に」

「別にって。何抓ってんだよ」

いてーんだけど？

「ふんだ！　貴方、先日言ったでしょ！」

「何を？」

「な、何をって……な、なんでもないわよ！　とにかく！　私の目の前でいちゃいちゃ禁止！」

「いちゃいちゃって……」

そんな俺と桐生のやり取りを見て、涼子はクスクスと笑ってみせる。

「……仲いいね～、二人とも」

「……え？　涼子、目が悪くなったのか？」

お前、俺、今現在進行形で虐待受けてるんだけど？

「……仲が良い、ね？」

「そうだよ？　桐生さんと浩之ちゃん、仲が良いと思って～。流石、許嫁だね～って」

コーヒーカップからコーヒーを啜る涼子。その姿にちょっとだけ困惑した様な表情を浮かべながら、桐生はおずおずと口を開く。

「その……良いの？」

「何が？」

「ええっと……その……」

言い淀む桐生。いつもの悪役令嬢の片鱗も見られないその姿に一瞬、きょとんとした表情を浮かべてみせた後、涼子は『ああ』と頷いてみせた。

「私、『浩之ちゃんをとらないで～』とか言えば良かったかな？」

「とら――っ！　……そうね。言い方はともかく……意味合いとしては一緒だわ」

「ふーん。なるほど、なるほど」

「……ちなみに、どうなの？　『もう』良いの？」

「……ちなみに、どうなの？　桐生さんとしてはどう答えてほしい？」

「……そうね。『返せ』と言われれば困る、と言っておきましょう」

「それは言わないよ～」

苦笑してコーヒーカップにもう一口、口を付ける。

「……そうだね～。桐生さん、浩之ちゃんの許嫁だもんね？　流石に、そろそろ言っておかないといけないかな～？」

「……なにをかしら？　『返せ』？」

「だから言わないって」

そのまま、流れる様にコーヒーカップを置いて。

「――そうだね。『返せ』と言うつもりはないけど……私、好きだよ？　浩之ちゃんのこと」

勿論（もちろん）、男として、と。

「……そう」

「驚かないの？」

「まあ……ある程度、予想はついていたから」

そう言って俺に視線を向ける桐生。あー……

「……マジか、とは言わない。ある程度、自覚はあったから」

「だよね～。まあ、浩之ちゃんが好きなのは……ああ、でもないかな～、今は。ともかく、眼中にはないかな～とは思ってたから」

カラカラと笑ってみせる涼子。そんな姿に、少しだけ戸惑いを覚えながら……それでも俺は言葉を継ぐ。

「その……なんだ？　良いのか？」

「何が？」

「いや、何がって……こう……俺に返事を求めたりとか……」

「いいよ、別に」

「いや、いいよって……」

尚も戸惑いを深める俺。そんな俺に、涼子は『やれやれ』と首を振って呆れた様にため息を吐いた。

「……浩之ちゃん、勘違いしてない？　私、『好きだ』とは言ったけど、『付き合いたい』とは言ってないでしょ？」

「……ええっと……」

……あれ？

「ごめん、俺、理解できないんだけど？」

俺がアホだからか？　そう思い視線を桐生にむける。桐生も同じ思いだったのか、首を微かに捻ってみせた。

「……私にも意味が分かりかねるわ。賀茂さん、貴方は東九条君に想いの丈をぶつけて……それで満足なの？」

「そうじゃないんだけど……ちょっと説明が難しいんだよね～。んー……私と智美ちゃんと浩之ちゃんって幼馴染なんだけど……中学時代に色々あったと言いますか……」

照れ臭そうに頬を掻く涼子。その姿に気まずそうにそっぽを向く桐生。居た堪れない俺。

「……なに、この雰囲気？　……？　……っ!!」

訝しんだように、首を捻る涼子。そんな涼子が、次の瞬間、何かに気づいたかのように驚愕の表情を浮かべて。

「も、もしかして、浩之ちゃん……？」

「…………スミマセン。シャベリマシタ」

「え、えええ!!　し、信じられない！　浩之ちゃん！　デリカシーのカケラもないんじゃないの!?　あの時から全然成長してないじゃん!!」

「……申し開きもないです」

「ホントに信じられない！　普通、言うかな!?」

「い、いや！　その……」

「もう……ホントに恥ずかしいんだから……これ、貸し一つね」

「……ハイ」

珍しくぷりぷりと怒る涼子。いや、マジですみません。

「その……ごめんなさい、賀茂さん。私が無理に聞き出したのもあるの。その……そうね、少しだけ気になったから」

「……少し？」

「……訂正するわ。だいぶ、よ」

「……はぁ。まあ、いつかは分かるかも知れないことだし……仕方ないか。浩之ちゃんに貸しも出来たし」

「……いや、マジで悪い」

「……いいよ、もう。ともかく、それじゃ話が早いね？　昔、浩之ちゃんは智美ちゃんのことが女の子として好きになりました。そしてそれを私に告白、私は傷つきました。その後、浩之ちゃんは智美ちゃんに告白しようとして……『三人で仲良くしたい』と言って告白すら出来ずに失敗。まあ、ざっくり纏めればこんなところだけど……」

説明、ここまでした？　と言いたげな視線に俺はコクンと一つ頷いてみせる。そんな俺の仕草に満足した様に頷き、涼子は言葉を継いだ。

「まあ……そういうわけで、私たち幼馴染の関係性は既に結構『いびつ』なんだよね。浩之ちゃんは智美ちゃんに好意を寄せ、そんな浩之ちゃんに私は好意を寄せてる。智美ちゃんはその関係性を——まあ、そうだね。私が一人になることを恐れてる……っていうか、アレはもう、怯えてるだね。怯えてる」

「……そうね。話を聞く限りではそうかな、とは思った」

「姉御肌だしね、智美ちゃん。その智美ちゃんに助けられた身としては大きなことは言いたくはないけど……正直、ちょっとどうかな～とは思うんだ」

「……分からないではないわ。このままでは貴方、前に進めないものね？　好きになった人が、別の人に恋心を寄せている。それでも、その想い人の気持ちにこたえることはしない。だから……自身も、前に進めない」

ほぅ、と息を吐いて。

「……まるで牢獄ね」

「そうかな？　私はそうでもないと思ってる、かな？」

「……え？」

「だってさ？　私たち、もう高校生だよ？　いつまでも今のままでいられるワケ、ないもん。そうなればいつか、智美ちゃんも気付くことになる。『私たちはどう足掻いても、三人でいることは出来ない』ってね？　そうなれば出てくる結論はきっと、『二人』と『一人』だよ。もしかしたら『二人』と『二人』と『一人』かもしれないけど……仮に、『二人』と『一人』になったら――」

――その時、『一人』になるのはきっと、私、と。

「……」

絶句する桐生。その姿を見つめ、涼子は申し訳なさそうにこちらに視線を向けた。

「……でもね？　きっと、智美ちゃんと浩之ちゃんの仲は長続きしないと……そうも思うんだ」

「……なんで？」

「私はきっと、智美ちゃんと浩之ちゃんのことを誰よりも知ってる自負がある。ひょっとしたら……ううん、ひょっとしなくても、智美ちゃんと浩之ちゃんより、二人のことを良く知ってると、そう思う」

「……まあな」

自分自身のことなんてそれこそ、一番よく分からんし。

「……智美ちゃんはこの『三人』の関係に重きを置きすぎなんだよ？　そんな智美ちゃんが浩之ちゃんと『二人』になったら、重きを置く相手が一人減ったら――」

――きっと、智美ちゃんは依存する、と。

「浩之ちゃんが誰かと話しただけで、浩之ちゃんが誰かに笑いかけただけで、浩之ちゃんが自分以外の誰かを見ただけで……きっと、嫉妬するんだと思うんだ。それ自体が悪いこととは言わないけど……でも、きっと浩之ちゃんにその智美ちゃんを支えることは出来ない。それでも、浩之ちゃんはそんな智美ちゃんを見捨てることは出来ない。だって……」

――浩之ちゃんは、『弱く』て『優しい』人だから、と。

「……」

「……その関係性をきっと、浩之ちゃんはよしとしない。きっと、浩之ちゃんは傷つく。そうなれば……智美ちゃんからか、浩之ちゃんからかは分からないけど、きっと、二人のお付き合いは長続きしない」

「……その後釜を狙う、という意味かしら」

「言い方はともかく……そうだね。そういう意味合いかも知れない」

でもね？　と。

「私はきっと、浩之ちゃんに納得してほしいんだ。智美ちゃんとも、私とも付き合って……その上で、納得してもらいたいんだ。『やっぱりあっちがよかったかも』なんて後悔、してほしくないいんだ」

まあ、これは私の我儘だけどね、と言って薄く笑う。

「……そういう意味では桐生さんも一緒。正直、桐生さんのことを二人ほどは知らないから良くは分からない。分からないけど……一般論として、だよ？　高校生カップルが結婚までいく可能性は凄く低いし、いつ、婚約解消されてもおかしくないんじゃないかと私は思ってる。そんな二人が、ずっと付き合っていくことなんてあると思う？」

「……分からないじゃない、そんなの」

「そうだね。だから、一般論だよ」

なんでもないようにそう言って、コーヒーをもう一口。

「……結論から言えば、私は答えが『欲しくない』ワケじゃないんだよ。今すぐ答えなんて『貰えない』んだよ。今、浩之ちゃんが答えを出したら……どんな結論であれ、きっと智美ちゃんは深く傷つくだろうし、そんなこと、きっと浩之ちゃんは良しとしないから」

「……」

「だから、私は待つよ？　別に、待つのは苦じゃないし。十七年待ってるんだもん。たかだか後二、三年のことぐらい、待つわよ」

「……それは……良いの？」

「なにが？」

「もし、東九条君が貴方に振り向いてくれなかったとしたら……貴方にとって無駄な時間を過ごしたと言えないかしら？」

「無駄かどうかは私が決めることだよ？　そして、少なくとも私は無駄じゃないと思う」

視線を俺にむける涼子。

「浩之ちゃん、私のこと嫌い？」

「……嫌いじゃない」

「じゃあ、好き？」

「……」

「別に一番とか二番とかじゃなくて……私には『女の子』として、『付き合いたい』と思えるほどの魅力がない？」

「……ない、とは口が裂けても言えない。言えないけど、それは――！」

「ん。それで充分。さっきも言ったでしょ？　別に私と付き合えって『今は』言わないってば」

そう言って、視線を桐生へ。

「ね？　智美ちゃんと付き合って、桐生さんと付き合ったとしても……もし、どちらとも上手くいかなかったとしたら、きっと浩之ちゃんは私の元に来てくれる。ひょっとしたら瑞穂ちゃんとか明美ちゃんとかもあるかもだけど……でもたぶん、そんな誰よりも私の方が浩之ちゃんと『上手く』お付き合いできると思うな～。誰よりも付き合いが長いの、私だし」

「で、でも！　も、もし東九条君が鈴木さんとか私とお付き合いをして……そ、そういう関係になっても、貴方は冷静でいられるの？」

「そうだね～。たぶん、嫉妬に狂うんじゃないかな？」

「そ、そのまま私たちが上手くいったらどうするのよ？」

「その時は見る目がなかったと思って諦める。仕方ないよ。ホレた弱みってヤツ？」

「そんなの……自分に愛が向いてない人を愛するなんて……何一つ、得なんてないじゃない……」

絞り出すようにそう言う桐生に、涼子は苦笑を浮かべてみせる。

「私、要領悪いんだよね。だから、そろばん弾いて恋愛する程器用じゃないんだ。でも……そうだね。桐生さんの言う通り、もしかしたら辛いことかも知れないけど……でも、良いんだ」

「良いって……」

言いかけた桐生を手で制し。

「良いの。だって――浩之ちゃんが私を愛してくれなくても、私が浩之ちゃんの分まで――二人分、愛するから」

だから、と。

「――黙って私に愛させてね、浩之ちゃん」

ウインクしながら親指をぐっと上げる涼子の姿は、とても綺麗だった。

「……はぁ」

『また呼んでね？』とにっこりと笑顔を浮かべて涼子が帰った夜。なんだか色んなことが大挙して押し寄せた気がしてすっかり疲れ切った俺は、リビングのソファに座ってゆるゆると息を吐く。なんというか、物凄く疲れたぞ、おい。

「……東九条君？」

ガチャリと音を立ててリビングのドアが開く。視線をそちらに向けると、風呂上がりで濡れた髪をバスタオルで拭きながらこちらに歩いてくる桐生の姿が目に入り、俺は軽く片手をあげる。

「お風呂、お先に頂きました」

「ん……んじゃ、俺も入るかな～」

そう言いながら動く気が起きない。そんな俺に少しだけ苦笑を浮かべて、桐生は声を出した。

「まだ入る気ないの？　それじゃ、コーヒーでも淹(い)れましょうか？」

「……夜だぞ？　眠れなくならないか？」

「いいじゃない。今日は土曜日だし、明日は休みだもの。たまには夜更かししましょ？」

ね？　と可愛(かわい)らしく首を傾(かし)げる桐生に首を縦に振る。と、『やった』と少しだけ嬉しそうにその場で小さく飛び跳ねて、桐生はキッチンに向かう。待つことしばし、コーヒーを二杯淹れて俺の目の前に一つコップを置くと、そのまま俺の隣に腰を降ろした。

「……近くね？」

「ダメ？」

「ダメじゃないけど……シャンプーの良い香りがする」

「……なんかそれは変態っぽくてイヤ」

……うん、今のは俺もそう思った。そう思ったから、両手で体を抱いて後ずさるのやめて！　心が折れるから！

「……悪かった。悪かったから、そんな目で見るのはやめて下さい」

「……もう。しかたないわね」

そう言って心持ちこちらに身を寄せる桐生。そうして、コーヒーカップに口を付けてコーヒーを一口。

「……お疲れ様だったわね、今日は」

「……あー……まあな。疲れたのは疲れた」

ふぅと口からため息が漏れる。そんな俺に苦笑を浮かべ、桐生は口を開いた。

「……どう？　アレだけ愛されている気持ちは？」

「……まあ、嫌われているよりはマシだよ」

「あら？　随分と余裕の発言じゃないの。アレだけ……そうね、深い愛だったのに」

「……有り難い話ではあるが」

「イヤだった、と？」

「や、全然そうじゃないよ。イヤではない」

「へー……男の人って……その、おも――じゃ、なくて……ええっと……じょ、『情』！

『情』があまりにも深いと引くって聞くけど？」

「色々言葉を選んでくれてありがとよ」

　でもまあ、確かに。そういう意見もあるし、俺自身もそれに関しちゃ賛成派だったんだが。

「……お前の前で言うのも若干どうかと思うが」

「良いわよ。話を振ったのは私だし」

「……正直、あそこまで言われてちょっと嬉しかった。智美も好きだったけど、別に涼子のことが嫌いだったワケじゃないし……ええっと……最低なこと、言っても良いか？」

「どうぞ」

「……ぶっちゃけ、『あの時』の俺の精神状態で、優しくしてくれたのが涼子だったらきっと、俺は涼子のことを好きになってたと思う」

「堂々と二股宣言？」

「そう言われると辛いんだが……」

　どっちでもいい、と言うと語弊があるかも知れないが、多分それが一番近いだろう。そもそも、選択肢なんてあの二人しかなかったんだから。

「……最低とは思わないわよ。それだけ、あの二人が大事ってことでしょ？」

「まあな」

「……もしかしたら、賀茂さんはそれを見越して貴方に優しくしなかったのかも知れないわね」

「……どういうこと？」

「だって貴方、鈴木さんのことを好きになって賀茂さんに相談したんでしょ？」

「……はい」

「なら、賀茂さんのことを好きになったらきっと、鈴木さんに相談したと思うもの」

「……全然有り得るな、それ」

正直、想像もしたくないが。今日の涼子の感じじゃ、修羅場の未来しか見えん。

「だから、賀茂さんは貴方に敢えて優しくしなかったのじゃないかしら？　今日の賀茂さんを見る限り……きっと、それぐらいの想像はしてそうだもの、賀茂さん」

「でも俺、殴られたぞ？　涼子がそこまで考えてたんなら、殴らないんじゃね？」

「それは相談したことに対して怒ったんでしょ？　なんてデリカシーがないんだって」

「……まあ、そうかもな」

「貴方が賀茂さんを好きになったとして、貴方、それを鈴木さんに隠し通せると思う？」

「……思わない」

今……はちょっとアレだけど、ついこないだまで殆ど毎日一緒にいたし、絶対直ぐにバレると思う。そもそも、そんなに隠し事得意じゃないし、俺。

「だから……賀茂さんはそこまで見越したんじゃないかしら。だから、貴方に優しくしなかった……違うか。分かりやすい優しさを見せなかった」

「……手のひらで踊らされてるな、俺」

「そうね。あの人、見掛けに寄らず『強い』のね」

「……だろ？　まあ、強かって感じではあるが」

「そして……想像以上に鈴木さんは『弱い』のかしら？」

「弱いって言うと語弊があるが……まあ、情が厚いヤツではある」

「……そうね」

「きききききき桐生!?」

コーヒーカップにもう一口、口を付けると桐生はカップをテーブルに置いて。

そのまま、俺の側まで近寄ると、コツンと俺の肩に頭をのせた。

「ちょ、おまえ！　な、なにを――」

「――ちょっとだけ、ヤケた」

「――……」

「私は所詮……その、親が決めた許嫁よ？　でも、今では貴方のことを……そうね、大事に思っているわ」

「……俺もだよ、それは」

ありがと、と小さく微笑んで。

「だから……平気な顔をしてたけどね？　賀茂さんが貴方のこと、本当に大好きなんだって分かって、そんな貴方が鈴木さんを良いなって思ってたことを知って……もし、貴方がそのどちらかとお付き合いすることになったら、私から離れていくのかな？　って、そう思うとね？」

寂しくなっちゃった、と。

「……なーんてね。冗談よ？　アレよ、アレ。子供がおもちゃをとられてダダこねるみたいなものよ」

独占欲強いのよ、私、と自嘲気味に薄く笑い。

「――あ」

笑っているのに、なんだかその目がちょっとだけ、泣きだしそうに見えて俺は桐生の頭にそっと手をのせる。

「……その……なんだ？　別に今、涼子とか智美のことが好き……は好きだが、付き合いたい……と、思わないと言うと嘘になるが……」

「……なにが言いたいのよ？」

「……なにが言いたいんだろう、俺？」

俺、格好悪い。いや、マジで格好悪い!!

「でも……たとえ、親が決めた許嫁だとしてもだな？　俺はお前のことを大事に思ってるし……その、なんだ？　お前を置いて……という言い方が正しいかどうかは分からんのだが、ともかく！　俺の、俺だけの都合で」

――離れていくことは、ないから。

「……うん」

「その……それだけは絶対だから」

「……」

「……うん、うん」

「……まあ……ええっと……そ、そういうこと！」

俺の言葉に、花が咲く様な笑顔を見せて。

「あのね、あのね……嬉しいよ、東九条君」

「……」

「……」

頬を上気させたまま、猫が匂いをつけるよう、俺の肩に頭をすりすりと擦り付ける桐生。いや、嬉しいんだよ？　嬉しいんだけど！

「お、俺！　風呂に入ってくる！」

辛抱たまらん。そう思い、俺は椅子から立ち上がろうとして。

「ダメ」

その腕を、ぎゅっと掴まれる。

「き、桐生？」

「……今だけは」

今だけは、もう少しこのままで、と。

「……コーヒー飲み終わるまでな」

「うん……それでいい」

……コーヒー、ゆっくり飲むか。

第三章　いつだって、優しいのは智美

「……ん……」

日曜日の朝。惰眠を貪っていた俺は、枕元で鳴る携帯電話の音で夢の世界から連れ戻される。ええっと……アラーム？　いや、日曜日のアラームは切っていたはずなのに……

「……げ」

アラームじゃなかった。けたたましく鳴るスマホのディスプレイには『智美』の文字が。なんだか今はあんまり話したくー――

「って、まだ六時半じゃねーか！」

なに考えてんだ、アイツ！　日曜日の六時半に起こすヤツがあるか！

「……もしもし」

『……おはよう、ヒロユキ。昨日はよく眠れたかしら？』

「……寝れてねーよ。絶賛、お前のせいでな？　何時だと思ってんだよ、今」

『六時半ね。良い時間でしょ？』

「……良い時間じゃねーよ。早すぎだ、早すぎ」

『なに言ってんの。折角のおやすみよ？　早く起きて行動した方が良いじゃない。休日の一日って短いよ？　……ねえ、なんで休日の一日って短いのかな？　月曜日は三日分くらいに感じるのに』

「知らねーよ」

『でもだからこそ、月曜日が休日だと嬉しさも一入だよね！　アレだよ、アレ！　不良が子犬に優しくしていると株が上がるヤツ！　なんだっけ？　ギャップ？』

「なにアホなこと言ってんだよ。曜日を擬人化するな。折角の休みだから、惰眠を貪るんだろが」

『えー！　そんなこと言わずにさ～。遊びに行こうよ～』

「行かん。日曜日の朝ぐらいゆっくり寝かせろ。ともかく、俺はもう一回寝る。電話がしたいなら起きたらこっちから——」

『——ああ、そうそう。話は変わるけど昨日、芽衣子さんと凛さんに会ったんだよね。駅前のショッピングモールで』

「——よし、分かった。話を聞こう」

一気に目が覚めた。なんだよ、『芽衣子さんと凛さんに会った』って。まさか……！

『……凛さんに言われたんだ～。『智美、また涼子と喧嘩したのか？』って』

「……」

……ああ、コレ、ヤバい。ヤバい流れだ。

『──『涼子のヤツ、今日は浩之と出かけたぞ？　良いのか？　うかうかしてたら涼子に浩之を取られるぞ？　まあ、私はそれでも一向に構わんが』だってさ～。あはは～』

「……あ、あはは……」

『……それで？　ヒロユキ、昨日は涼子と遊んでたの？』

「ご、誤解だ！　別に涼子とだけ遊んでたワケじゃなくてだな？　その、桐生に料理を教えてもらっただけで！」

『ふーん……そうなんだ～』

「……ハイ」

『……私ね？　今、涼子と喧嘩中なんだ～』

「……あー……ハイ。存じ上げております」

『でね？　私たち、仲良し幼馴染じゃない？　涼子ばっかり贔屓するのはどうかと思うな～、私』

「……はい」

贔屓って。そう思いながらも、低い声でそうつぶやく様に喋る智美に反論なんて出来るわけがない。ヘタレ？　うるせえですよ！

『……それでね、ヒロユキ？　私、折角のお休みだし、遊びに行きたいな～って思うんだけど』

──勿論、付き合ってくれるよね？　と。

「……何時に何処に向かえばよろしいでしょうか？」

……あんな怖い声で言われたら、こう答えるしかねーよ、こん畜生。

「あー、ヒロユキ！　こっち、こっち～」

駅前のちょっと小さめな広場。待ち合わせ場所としてこの辺では重宝されているそこで、俺の姿を見つけた智美がピョンピョンと飛び跳ねている。デニムに長袖のシャツという出で立ちは、元気っ子を地で行くような智美によく似合ってる。

「……おっす」

「おっす。元気がないぞ、ヒロユキ？　折角のお休み、沢山あそぼー！　おー！」

「……おー」

「……ちょっと？　本当にテンション低いわよ？　もっと上げていこうぜぇー！」

ねえ、と首を傾げて。

「――桐生さんもそう思うでしょ？」

「……とりあえず言いたいことは沢山あるのだけど……なんで？　なんで私も此処にいるのかしら？」

俺の隣で遠い目をする桐生を見ながら笑顔を浮かべる智美。いや、なんでって……

「……智美のご指名だから」

「……私、ご指名入る様な職に就いた記憶はないのだけれど……」

「いやいや！　だって昨日、桐生さん涼子と遊んだんでしょ？　じゃ、今日は私と遊んでくれてもいいじゃーん」

「……幼馴染でしょ、東九条君。あの暴走列車を止めなさい」

「……諦めろ。色々申し訳ないと思うが、ちょっと付き合ってやってくれ」

そう。

なぜか智美、『涼子ばっかりずるい！　私も桐生さんと仲良くしたい！』と言いやがった。桐生の予定もあるから無理を言うなと言う俺に対して。

『じゃあ自分で誘うから良い！』

……となりまして、今に至る。あれ？　結局折れたのは桐生だから、よく考えたら俺のせいじゃなくね？

「……貴方の幼馴染の喧嘩が原因でしょ、元はと言えば」

「……なんで分かるの？」

「貴方が『私は関係ありません』みたいな顔をしてたからよ。貴方が悪いとは言わないけど、無関係顔されるのはちょっとイヤだわ」

……ヤバ。俺って顔に出やすい感じ？

「……ええっと……桐生さん、やっぱり迷惑だった……かな？　その、涼子と喧嘩したのは事実だけど、それとは別に、私も個人的に桐生さんと仲良くしたいかな～って思って誘ったんだけど……」

そんな俺らのやり取りを見た智美は急にしょんぼりとした表情を浮かべて桐生を見つめる。まるで捨て猫の様なその視線に桐生が『うぐう』と、およそ美少女が出しちゃダメな言葉を喉奥から漏らし、まるで何事もなかった様に微笑んでみせた。

「……そんなことないわ。急だったから驚いただけで、お誘いは嬉しかったわよ。ありがとう、鈴木さん」

「……ホント？」

「ええ。私、同年代の子と遊びに行く機会なんてなかったから、本当に嬉しかったわ」

「だったらよかった！　んじゃ、今日は一杯楽しもう！　おー！」

「お、おー」

「桐生さん、声ちっちゃい！　もっと腹から！　さ、リピート・アフタ・ミー。おー!!」

「東九条君!?　む、ムリ!?」

「……智美、それぐらいにしとけ」

「なんでよ！」

「そもそも駅前で騒ぐな、恥ずかしい」

桐生も。そんな泣きそうな顔で俺の服の袖をくいくい引っ張るな。可愛いから。

「……はあ。まあ、良いんじゃね？　なんだかんだで桐生も楽しみだったんだろ？」

「な、なによ、急に？　なんでそんなこと思うの？」

「だってお前、外出の時スカートしか着ねーじゃねーか。それが、ホレ」

いつもはスカート姿が多い桐生。清楚系な桐生に――清楚、とは言ってないぞ？　清楚系だ、清楚系。ともかく、そんな桐生には珍しく今日はズボンを穿いている。

「ズボンだし、今日」

「サブリナパンツと言ってくれない？　ズボンって」

「ズボンはズボンだろ？　ともかく、それを着てきたってことは智美の指定ってことだろ？」

違うか？　と視線を智美に向けると、智美は親指をぐっと突き立てる。

「大正解！　流石、ヒロユキ！」

「……お決まりのパターンだろうが」

涼子と智美、それに俺の三人で遊びに行くときはショッピングとか映画とかが多いが、智美と遊びに行くときは基本、アウトドア……というか、体を動かすことが多い。だからきっと、桐生にも『動きやすい格好で！』ぐらいのことを言ったんだろうとあたりを付けてみたが、どうやら正解だったみたいだな。

「……わざわざ智美の指定した格好で来るってことは、それぐらいには楽しみにしてたんだろ？」

「べ、別に楽しみにしてたワケじゃないわよ！　そうじゃなくて、折角お呼ばれしたのなら、ドレスコードには従うべきでしょ！」

「ドレスコードって」

いや、まあ日本語では服装規定のことだし間違っちゃいないんだろうが……なんでそんな大げさな言い方するんだよ。

「……え？　桐生さん、やっぱり楽しみじゃなかった？　無理、言ったかな？」

「そ、そんなことないわよ！　本当に楽しみだったわ！　昨日の夜、眠れなかったし！」

「……それはコーヒー飲んだからだろうが」

そもそも誘われたのは今朝だろうが。どんな未来予知で昨日の夜から楽しみにしてたんだよ、お前は。

「……はあ。とりあえず行こうぜ？　何処？　アラウンド・ワン？」

「そうだね！　やっぱり『アラワン』が良いかな？　遊ぶもの、いっぱいあるし！」

「分かった分かった。それじゃ行こうぜ？」

「はーい！　それじゃ者ども、ついてこい！」

そう言ってテンション高く俺らの先頭を歩く智美。その姿にため息を吐きかけて――

「……東九条君」

「……なに？」

「……鈴木さんのあの泣きそうな顔、なんとかしてくれない？　なんか可哀想になってつい、肯定しちゃうんだけど？」

「……あいつ、人との距離の詰め方半端ないけど、だからと言って気が遣えないわけじゃないし。相手の都合とか事情とか感情にもちゃんと配慮出来るヤツだからな。無理矢理誘ったかなって気になったんだろ、きっと。悪気はないんだよ」

「……私の対極にいるかも知れないわね、鈴木さん」

「……そうだな。配意、忖度一切なしのお前とは対極かも知れん」

「言われ方に釈然としないものがあるけど……そうね」

そう言って、憂い顔で遠くを見つめ。

「もしかして、私の天敵かも知れないわ……」

「なにと戦ってんだよ、お前は」

神妙な顔でそう呟く桐生に、俺は溜めていた息を大きく吐き出した。

アラウンド・ワンは俺らの街にある総合アミューズメント施設だ。ボーリング場やカラオケ、各種スポーツが楽しめる総合スポーツ施設で……まあ、中高生のたまり場的な存在である。

「さて……何からあそぼっか？」

三時間のパスを右手でひらひらさせながらそう言う智美。そんな智美の姿に、俺は小さくため息を吐く。

「ノープランかよ」

「此処に来るまでがプラン。この後は皆の好みがあるじゃん。桐生さんは？　何から遊びたい？」

此処に到着してからこっち、物珍しそうにあっちをきょろきょろ、こっちをきょろきょろと見回していた桐生が、智美の言葉にびくりと体を震わす。

「そうね……私はなんでも良いわ」

「何か好みとかないの？　これをやってみたいー、とか」

「正直、こういう場所に遊びに来るのが初めてだから……何から楽しんだら良いか分からないのよ。お勧めは？」

「んー……バスケは流石に今日は止めておくとして……最初はカラオケとかどう？」

こちらに視線を向けてそう言ってくる智美に、俺も首肯で返す。

「そうだな。カラオケスタートぐらいが無難か」

「バスケットは良いのかしら？」

「俺と智美でやると最後は両方本気になって汗まみれになるからな、バスケ。流石にそこまではちょっとしんどいし……無難じゃね？　カラオケ。桐生、カラオケ嫌いか？」

「嫌いというか……そもそも、カラオケに行ったことがないから」

……友達、いないもんな。

「……あー……家族で、とかもないのか？」

「貴方、行くの？　家族でカラオケ」

「結構行く……と言うほどまでは行かんが、茜が中学校の頃はそこそこ行ってたかな？」

茜、歌うの好きだったたし。最近は安くなってはいるとはいえ、中学生のお小遣いから考えればまあまあの出費だ。必然的に、パトロンのいる展開——例えば、家族で外食に行った帰りに一時間とか、休日前なら二時間とかで行っており、その際は必ず茜さんワンマンライブが開催されていた。マイク離さないんだよな、アイツ。

「そうなの。仲が良いのね、貴方の家」

「親父が茜に甘いだけだよ」

本当に。息子の俺には『家を出て許嫁と暮らせ』とか言うくせに、茜が京都の高校に行くと聞いた時は涙ぐんでたしな、親父。

「ええっと……それで？　桐生さんはカラオケで良いの？」

「あら、ごめんなさい。話の腰を折ったかしら？」

「ううん、それは全然良いんだけど……どうする？　カラオケ、嫌なら別のでも良いけど……」

「……そうね。やったことがない、というだけで歌うことは嫌いじゃないわ。ただ、作法とか知らないけど大丈夫？」

「……へ？　カラオケの作法？」

ポカンと口を開ける智美。そんな智美に、桐生は神妙に頷いて。

「ものの本で読んだだけだけど……ノリが良い楽曲の後に、バラードを入れると白けるから止めておけとか、誰も知らない歌を歌うのは自己満足だから控えた方が良いとか、色々読んだのだけど……何分、実践経験がないから上手く出来るかどうか……」

「良いよ!?　そんなの気にしてたら楽しくないじゃん!?　好きな歌、歌えば良いんだよ!　楽しんだもの勝ちだよ、カラオケなんて!」

「流行の曲とか全然知らないけど、良いかしら?」

「うん、それも全然大丈夫。私だって子供の頃見てたアニメソングとかガンガン歌うから!　っていうか、別に流れ気にしたりとかそんなこと考えないで良いから!」

　そう言って桐生の手を取ると、カラオケゾーンにずんずんと歩く智美。

「それじゃ、とにかく!　楽しんだもの勝ちということで、レッツゴー!」

「……ふぅ。歌ったわね。さて、次は……ああ、これも良いわね。『紅の北酒場』、これにしましょうか」

「……桐生さんや」

「ええっと……1、1、2……なに?」

「いや、随分お楽しみのところ悪いんだけど……」

　そう言って、桐生が手に持っているパッド型のリモコンに目を落として。

「……鳳千賀子って、誰?」

　桐生のリモコンの中の『今日の履歴』の中にはずらーっと並んだ『鳳千賀子』の文字。えっと……誰？　鳳千賀子って。

「貴方、知らないの？　演歌界の新女王と呼ばれている鳳千賀子のことを！」

「……すまん。知らん」

まあ、曲調から演歌歌手だというのは分かったが。にしてもお前、歌った六曲全部演歌って。

「……照れ臭そうに歌ってたくせに」

最初こそ、照れてもじもじボソボソと小声で歌っていた桐生だが……二曲目を歌い終わった辺りから勢いに乗ったのか、伸び伸びとこぶしを利かして歌ってやがる。いや、まあ、はち切れんばかりの笑顔を浮かべているところを見ると、楽しんでいる様で何よりなんだが……でもな、桐生？　そろそろ『桐生さんワンマンライブ』は止めにしませんかね？　なかったのか、作法本には。『マイクを独占するな』って。

「なにか言った？」

「なんにも」

「はあ……まあ、良いわ。鳳千賀子は二年連続紅白出場、今、演歌界で一番ノリに乗っている演歌歌手よ。乙女心の悲哀を切なく歌い上げる歌唱力には定評があるわ。今年も紅白出場は固いわね！」

……そうかい。

「ともかく……ホレ、桐生。カラオケって皆で歌うものだろ？　一人でマイクを握り続けたらダメだぞ？」

「一人でマイクって……」

そう言いながらリモコンに目を落とし、なにかに気が付いたのか頬(ほお)を朱に染める桐生。

「あ、あら……ごめんなさい。次で三曲連続になるところだったわね。二人も歌いたいわよね？　ご、ごめんなさい」

恥ずかしそうにマイクを差し出す桐生。そんな桐生に、智美は快活に笑ってみせた。

「いいよ、いいよ！　桐生さんが楽しそうに歌ってるの見るの新鮮で楽しいし……演歌もあんまり聞いたことないけど、結構いい歌あるよね～。桐生さん、趣味渋いじゃん！」

「父が好きなのよ、鳳千賀子。父が事業を立ち上げた頃に偶然路上で見かけたらしいわ。お客さんが立ち止まらない中で、みかん箱の上で一生懸命歌ってた時から知ってるらしくて……なんだか、自分に被(かぶ)ったんですって。『あの子も頑張ってるから、私も頑張ろうと思えた』って言ってたわ」

「昭和か。みかん箱って」

いやでも、そういや豪之介(ごうのすけ)さんも贅沢品(ぜいたくひん)が牛丼チェーンの牛丼って言ってたらしいもんな。感情移入もするか。

「そうなんだ！　『戦友』！　みたいな感じ？」

「どうかしら？　でも、たまにディナーショーとかには行ってるわね。私も何度か一緒に行ったし、お話もさせてもらったわ」

「いいな～、それ！　生で演歌って迫力凄(すご)そう！　ほら、さっきの曲もさ、あのフレーズとか良くない？　サビ前の」

「ああ、『貴方を殺して、私も死ぬわ』のところね？」

「そうそう！　あそことか、ちょっと格好いい曲調なんだけど、それでいて寂しそうな感じというか……ねえ、ヒロユキもそう思わない？」

「……歌詞が怖すぎてあんまり入ってこなかった」

本当に。この鳳千賀子さんの歌、基本的に悲恋というかなんというか……『二股掛けられた、妬ましい』とか『カレシの浮気が酷い』とか『アイツ、私のこと好きって言ったくせに！　訴えてやる！』とか、まあそんな歌ばっかりなんだもん。苦労人って、別に男で苦労したわけじゃないよな？　アレ、乙女心の悲哀つうか、キレた女性の歌にしか聞こえんのだが。あ、いや、別に、心当たりがあるわけじゃないぞ、念の為。

「そう？　でもまあ、時間的にカラオケもそろそろお開きにしてさ？　次の遊びに行こうよ～」

「……そうね」

少しだけしょんぼりした顔をする桐生。こやつ、一時間半の半分くらい一人で歌ってまだ歌い足りないと申すか！　俺が愕然として桐生を見つめる中、智美は優しい視線を桐生に向けながら、言葉を発した。

「そっか。そんなに気にいってくれたんだ……じゃあさ！　また来ようよ、桐生さん。別に今日だけじゃないでしょ、一緒に遊べる機会は！」

「……そうね。また、お誘い頂ければ嬉しいわ」

「うん！　次は私も演歌、練習してくるよ！　そうだ！　水川(みずかわ)きよひことかどう？」

「……ふ。悪くないわね。彼の歌は……色気があるわ」

「でしょー！　んじゃ今度、またいこー！」

そう言ってにこやかに笑う智美に、桐生も笑顔を浮かべながら俺に視線を向けて。

「……今度はカラオケだけでも良いわね。此処(ここ)、十時間パックとかあるんでしょ？」

……勘弁して下さい、流石(さすが)に。

「ふぅー！　遊んだね!!」

アラウンド・ワンを出た頃にはお日様はすっかり頂点に来ていた。九時半から三時間だから、十二時半。そろそろ腹も減ってきたところだ。

「にしても……桐生、凄かったな」

「そうだね。桐生さん、なんでも出来るね？」

「そうかしら？」

「ああ。だってあのストライク取るヤツも八枚抜きだろ？　ダーツもど真ん中ビシバシ当ててたし、ビリヤードも凄かったじゃねえか」

本当に。まあ、元々多才なヤツ——というより努力家なのは知っているつもりだが、どの遊びをさせても難なく高スコアを叩き出しやがる。別に嫉妬はしないが、純粋に『すげー』と思うぞ？

「……お父様、男の子が欲しかったらしいから子供の頃からキャッチボールを良くしてたのよ。ダーツとビリヤードは……家にあるのよ。ダーツとビリヤード台」

「……ビリヤード台とダーツが家にあんの？」

「お父様、若い頃プールバーにハマってたんだって。だから、ダーツとビリヤード台を買ったらしいわ。もっとも、家では既に埃を被ってるけど」

「……流石、お嬢様」

「『私の唯一の贅沢だ』ってお母様に頼み込んで買ったらしいわよ。ご丁寧に、プールバーみたいなダーツとビリヤード専用の部屋まで造ったらしいけど……お父様、別にダーツとかビリヤード自体が好きだったわけじゃなくてプールバーが好きだっただけみたいで……今ではすっかり物置よ、その部屋」

　そう言って肩を竦めてみせる桐生。でもまあ、気持ちは分からんでもない。ゲームとかでもそうだけど、店頭でやるとスゲー面白い気がするんだが、手元にあるとあんまりやらなくなるからな。アレだって、雰囲気もあんだろ。知らんけど。

「そういうわけで、今日やったものに関しては一日の長があっただけ。別になんでも出来るわけじゃないし。それこそポケバイ？　っていうのかしら、あの小さなバイク。あれなんてきっと乗れないわよ」

「……そうか？」

……なんかイメージ、全然出来そうだが。っていうか、出来なくてもハマったら直ぐに上達する気がするな、コイツ。基本、凝り性だし。

「そうよ。それより……鈴木さん？　これからどうするの？」

視線を智美に向けてそう言う桐生。そんな桐生に、智美は腕を組んでしばし考えてみせた。

「んー……どうしよっか？　お昼まだだし、どっかでお昼食べてその後は駅の近くのショッピングモールでウインドーショッピングと洒落込もうか！　って考えてるんだけど……桐生さん、食べたいものある？　フランス料理のフルコースとか？」

「お昼からそんなもの食べないわよ。特に食べたいものはないけど……」

そう呟きながら、桐生は視線を智美に向けた。

「……というか、鈴木さん？　アラウンド・ワンでもそうだけど、わざわざお気遣い頂かなくても結構よ？　鈴木さんの食べたいものを食べましょう？　好きなものは何かしら？」

「えー。でもさ？　今日は無理に誘ったわけだし、桐生さんの好みに合わせた方が良いかな〜って思ってるんだけど……それに、私の食べるものって結構なジャンクフードだよ？　桐生さんのお口に合うかな？」

「基本、なんでも美味しく頂けると思ってるわよ、私。ジャンクフードは食べたことないけど、抵抗感はないわ」

「……まあ、お前の作ってる料理だってジャンクみたいなもんだもんな」

別に高カロリーってワケじゃないんだろうけど……ジャンクっていうかファストフードというか……まあ、基本、焼くだけだしな、コイツ。

「東九条君、うるさい！　それはともかく……鈴木さん、そのお気持ちだけ有り難く頂いておくわ。それに……そんなに気を遣われたら、次から誘ってもらえなくなるかもと心配になるでしょ？」

茶目っ気たっぷりにウインク付きでそう言う桐生。そんな桐生に一瞬ぽかんとした顔を見せた後、少しだけ噴き出して智美は親指をぐいっと上げた。

「……そだね！　それじゃ、桐生さん！　ワクドいこ？」

「……ワクド？」

「……え？　ワクド知らない？」

「え、ええ。ごめんなさい。寡聞にして知らないのだけど……どこ？」

こちらに視線を向けてきょとんとした表情を向ける桐生。まあ、ジャンクフード知らなきゃ知らないか。

「……ハンバーガー屋だな。わくわくドーナツって名前の。通称が『ワクド』だ」

「……ドーナツなのにハンバーガー屋さんなの？」

「そうだよ。ちなみに、ドーナツは一種類も売ってない」

「……なにそれ」

「ちなみに、合言葉は『おかしなピエロには負けない』」

「……どこを意識しているのか大体わかったわ。全方位に喧嘩を売るスタイルなのね？」

「たぶん、それは確実に違うと思う」

小さな町のハンバーガー屋さんだし。インパクト重視ってだけだろ、きっと。

「まあまあ、桐生さん。とりあえず食べに行ってみましょ？　美味しいよ！」

「……そうなの？」

「まあ、ジャンクフードだし味は推して知るべしって感じではある。高級料理ってワケじゃねーしな。でもまあ、少なくともお前の料理よりは幾分かマシだとは思う」

「……気にしてるから言わないで」

「これからに期待、ということで」

「ふんだ。でも……それなら、あんまり期待できないんじゃない？　私の料理と比べてマシって。所詮、知れてるってことでしょ？」

ぷくっと頬を膨らましながらそう言う桐生に『悪い悪い』と苦笑を浮かべて、さて、それじゃワクドに行って、その認識を改めてもらおうかと思ったところで。

「あれ？　もしかして……浩之さんと智美さん？」

そんな声が後ろから聞こえてくる。その声に視線をそちらに向けると、大柄な男が一人立っていた。百八十センチをゆうに越えているであろう大柄な体で、こちらに向かって視線を向ける大男。そんな大男だが、俺と視線があった瞬間、ぱーっと花が開いた様な笑顔になった。

「やっぱり！　お久しぶりです、浩之さん！　智美さん……っと……ええっと……初めましての方！」

　にぱっと人好きな笑顔を浮かべてこちらにブンブンと手を振る大男。あいつ、誰だよ？　と俺が首を傾げかけたところで。

「……え？　あれ？　も、もしかして……秀明？」

　そんな声が隣の智美から聞こえた。秀明？　秀明って……

「……もしかして、『あの』秀明か？」

「……うん。たぶん、そう」

「何してるんっすか、こんなところで！　あ、俺、まだ昼飯食ってないんっすよ！　どうすっか、一緒に？　その……そっちの美人さんも！」

　近づいてきた大男に視線をもう一度向けて。

「……え？　マジで？　マジで秀明？」

「ちょ、流石にそれは酷くないっすか、浩之さん！　秀明っすよ！　浩之さんの弟分、古川秀明っすよ！」

　そう言って……俺の可愛い後輩、古川秀明こと『秀明』は肩を落としながらそう言ってきた。え？　マジで？

「いやーお久しぶりっす！　お二人とも、お元気してましたか！　で、どうです？　一緒にご飯とか行けそうな感じですか？　どこ行く予定でした？」

「いや、ワクドだけど……えっと……」

ちらりと視線を桐生に向ける。少しだけ困惑したような桐生だったが、俺の視線に気づくとこくんと頷いてみせる。

「……智美は……まあ、大丈夫か」

「うん、私は大丈夫だけど……桐生さん、良いの？」

「ええ。東九条君の弟分、と言っていたから、仲は良いのでしょう？」

「……まあな」

「なら、私は良いわ」

「そうっすか！　いや、ありがとうございます!!　くぅー！　久しぶりに二人と喋れますね!!　俺、めっちゃ楽しみです!!」

『さ、行きましょ！』という俺と智美と桐生の三人は秀明に連れてこられる形でワクドに向かった。昼時であり、そこそこ混んではいたが四人掛けの席をなんとか確保、智美と秀明、桐生と俺が並びあう形で席に着いた。軽く秀明と桐生が自己紹介した後、秀明が口を開いた。

「でも、本当に久しぶりっすね！　最後に会ったのは……ま、まあ良いですかね！　二年振りとか三年振りとかじゃないですか？」

「……秀明、食べながら喋るな。口にソースがついてる、拭け」

「ああ、失礼しました！」

そう言って口の周りをふいてニカッと笑う秀明。

「それにしても……秀明、あんた身長伸びたね？」

智美の言葉に何が嬉しいのか、もう一度微笑み、秀明が口を開く。だから食べながら喋るな！

「今は百八十七センチあります！　浩之さんが……ああ……えーっと……」

「……いちいち気を遣うな。気にしてないから」

「……そっすか？　ええっと、浩之さんがバスケを……『卒業』してから、そこそこ伸びてはいたんですよ。お二人が中学校卒業してからは一気に二十センチ以上伸びまして！　いや、寝ている時に骨が『ボキボキ』って鳴るんすよ！　やばい病気かと思いましたよ、あん時は！」

そう言ってワクドバーガー（唯のハンバーガー）にかぶりつく秀明。

秀明は一個下の後輩で、小学校一年生の時に俺らのミニバスチームに入ってきた。元々体が弱いとかなんとかで親に無理やり入れられたらしく、よく練習をサボっていた。

俺的には瑞穂同様、初めて出来た後輩、しかも同性では初めての後輩だ。可愛くて仕方なく、そんな秀明を連れ出してよく一緒に練習したもんだ。智美も一人っ子だった為、この『弟分』をとにかく猫可愛がりしてた気がする。秀明も俺らと練習しだしてからはドンドン上手くなった。家が少し遠いため、他の三人プラス茜とは違って家に来て遊んだりはあまりなかったが、……それでも中学校に上がって行動範囲が広がってからは学校こそ違ったものの、俺がバスケを止めるまでは俺と秀明、智美と瑞穂と茜は良く五人で集まって練習していた。涼子？　そんな俺らの練習のサポートをしてくれてたよ。

「今は何処の高校に行ってるんだ？」

「聖上っす！　今度ベンチメンバーになりました！」

事も無げにそう言う秀明。おいおい、聖上で一年からベンチ入りだと？　すげーな。

秀明が通っている聖上学院は、十年ぐらい前まで無敵を誇った高校だ。今は正南学園という高校が強いが、それでも『古豪』として大会のベスト4の常連校でもある。

「浩之さんがバスケを『卒業』してから、必死で練習しました！　そしたら聖上の監督が拾ってくれて……それで今に至るっす！」

秀明が聖上のベンチ入りメンバー……ね。昔は俺よりも身長が低くて、少なくともこんなガサツなヤツじゃなくて可愛いやつだったが……時の流れは残酷だ。

「ポジションは？　今でもガードか？」

「あー……色々っすね。ガードは小学校からやってるからやっぱり本職ですけど、中学二年からぐんぐん背が伸びたって言ったでしょ？　だからまあ、試合の場面場面で色んなポジションしてるんっすよ。フォワードからセンターまで、全部こなします。まあ、流石にセンターはまだまだ当たり負けするんっすけど……」

「……すげーな」

バスケはサッカーや野球程ポジションが関係ないと思われがちだが、勿論そんなことはない。ガードとフォワードで求められることは当然違うし、ガードとセンターならばそれこそ全然役割が違うといっても過言ではないだろう。

「んじゃお前……苦労しただろ？」

「どうっすかね？　そりゃ、最初は『ガードやりてぇ！』とか思ってましたけど……ホラ、今では色んなポジションで試合に出られるんですから、儲けものと思ってるっす！」

あっけらかんとそう言う秀明に、俺は内心で舌を巻く。

「スリーポイントは？　今でも練習してるのか？」

「当然っすよ！　俺、浩之さんの教えを忘れたことないっすもん！」

「教え？」

「『いいか、秀明。俺らチビの生きる道は外からのシュートだ。中には背のたけぇヤツらがいる。もし俺らがシュート外しても、きっとあいつらがリバウンド取ってくれる。でもな？　だからこそ俺らはあいつらに仕事をさせないぐらいの気持ちで打つんだよ。楽させてやろうぜ、あいつらに』って」

「……俺、そんな良いこと言ってたか？」

なんかちょっと恥ずかしいんだが。そんな俺にニカっと笑って秀明は頷く。

「でも、センターやると分かるんっすよね。リバウンド取る為に飛べば接触もあるし、当然体力も使います。シュートを落としても文句言うつもりはさらさらないんっすけど、『センターに楽させてやろう』って気持ちでガードがシュート打ってると思うと、ちょっと気分が良いですもん。ぜってー、取ってやるって思えるっす」

「……まあな」

「ま、その浩之さんの教えを守ってるから、俺は未だにスリーの練習は欠かしてないっす。もうチビとは言えないっすけど……でも、外からも打てるセンターって最強じゃないっすか？」

「最強かどうかはともかく……脅威だろうな」

センターの全員がシュート下手くそとは当然言わんが、アウトから打ってくるセンターが少ないのは事実だ。外した時のカウンターは怖いが、膠着した試合展開で秀明みたいなヤツが一人いると随分違うだろう。

「……少し、良いかしら、古川君？」

俺の隣でダブルチーズワクドをリスみたいにもぐもぐと齧っていた桐生が遠慮がちに手を挙げる。

「ええっと……桐生先輩っすよね？　良いっすよ？」

「ありがとう。その……今の話を聞く限り、古川君、随分東九条君のことを尊敬している様に見えるんだけど……」

「そうっすね！　兄貴分ってこともありますけど、俺は浩之さんを尊敬してますよ！」

「……止めろ、恥ずかしい」

「事実ですし！　浩之さんは誠司さん尊敬してましたけど、俺は断然『浩之派』ですから！」

「誠司さん……川北さんのお兄様ね？」

「おりょ？　瑞穂も知ってるんっすか？　そうっす！　誠司さんもそりゃ、凄かったんっすけど……年齢も離れてますすし、ポジションも違いますから。瑞穂のツレってことで俺も可愛がってもらってましたけど」

「でも、東九条君は……どういえば良いのかしらね？　『厳しかった』のじゃないかしら？」

言葉を選んでそう言う桐生。きっと、俺が話をした『なぜ、俺がバスケを止めたか』を思い出しているのだろう。聞きづらそうに……それでも、少しの好奇心と罪悪感を込めた視線でこちらにチラリと視線を送る。気にすんな。気になる気持ちも分からんでもないからな。

「……へ？」

そんな桐生の問いに、秀明から間抜けな言葉が漏れる。その秀明の声に、少しだけ桐生が眉を顰めて訝し気な表情を浮かべる。

「……違うの？」

「いや……浩之さんが厳しい？」

そう言って。

「浩之さん、無茶苦茶優しいっすよ？　俺、怒られたことないっすもん」

秀明の言葉に、桐生はポカンとバカみたいに大口を開けて秀明を見やる。そんな桐生に、秀明は困惑した様に視線を俺に向けてきた。

「ええっと……なんでです？　俺、なんでこんな視線を受けてるんですかね？」

「……俺がバスケを止めた理由、桐生には話してるからな」

「……そうっすか。それで……」

得心がいったか、うん、と一つ頷く秀明。そのまま視線を桐生に向けた。

「桐生先輩、浩之さんのことだから『厳しいことばっかり言った』とか『厳しい練習ばっかりした』とか言ったんでしょ？」

「え、ええ。そうね。少なくとも『優しかった』と想像される様なことはなかったわ」

「……はぁ。やっぱり。浩之さん、言葉が少なすぎるんじゃないですか？」

じとーっとした目をこちらに向ける秀明。いや、でもな？

「……俺の練習、厳しかったぞ？　知ってるだろ、お前らも」

「……」

「……」

「……まあ。ヒロユキの練習、見てたら寒気がするもんね」

「……そうっすね。確かに、付き合ってやってた時は正直『げー』が出るかと思いましたが」

「秀明、食事中だぞ？」

「すんません」

「でも……まあ、こういうことだ」

「どういうこと!?」

俺の言葉に、心底分からないと言わんばかりに叫ぶ桐生。そんな桐生に苦笑を浮かべながら秀明は言葉を継いだ。

「いや、すみません、桐生先輩。わかりにくかったですよね？　でも……そうっすね。浩之さん、確かに練習中は鬼軍曹並みに厳しいんですけど、試合では全く厳しくないんですよ。ああ、厳しくないって言うと語弊があるんですけど……そりゃ、手を抜いたプレーをしたら怒られますよ？　それは当たり前のことなんで。そうじゃなくて……なんていうんですかね？　試合中にミスしても怒らないんですよ、浩之さんって」

「……そうなの？」

　そう言って俺に視線を向けてくる桐生。そりゃ……まあ。

「……全力でプレーしてたらそりゃ、ミスぐらい出てくるだろうが。んなもん、いちいち怒る必要はねーだろう」

　全力でプレーした結果ミスが出たとしても、それは『良いミス』だ。試合に勝ちたい気分はそりゃあるが、悔いのないプレーをして負けるんだったら、別に構やしないし、何より。

「……一生懸命練習して、一生懸命頑張って、試合でも精一杯走り回って、シュートも頑張って打って、スペースに走って……それでミスをしたんだ。悔しいのは自分自身だろうが。んなもん、怒れるワケねーよ」

「……」

「……なんだよ？」

　ポカンとした顔で俺を見やる桐生。そんな桐生に声を掛けると、はっとしたように口を開いた。

「いえ……ごめんなさい。なんというか……貴方から『勝ちたい』って言ってたって聞いてたから……イメージが」

「……まあな」

　でもな？　俺だって一生懸命練習してても試合に出たらミスすることだってある。そんな時、掛けてもらって嬉しいのは『何やってんだよ！』という罵声ではなく、『ドンマイ！　次、頑張れ』って言葉に決まってるんだよ。

「……そうなんっすよね～。浩之さん、試合でミスが出ても『オッケー、オッケー！　挑戦に意味がある！　次、決めようぜ！』って言ってくれるんっすよ。俺、最初に試合に出た時ミスばっかりで……試合にも負けて、ホント、バスケ止めようかってぐらい上手くいかなかったんですけど、それでも浩之さん、全然責めなくて」

「……お前が一生懸命練習してたのは知ってたしな。俺の練習についてこられてたんだし、頑張っているのは知ってるんだよ。なら、責めるワケねーだろ？」

「ね？　こういう人ですから、浩之さん」

苦笑交じりにそう言って、秀明は桐生に視線を向ける。

「だから、浩之さんとバスケするのスゲー楽しいんっすよ。ね、智美さん？」

「そだね～。ヒロユキ、バスケしてる時は生き生きしてるっていうか……どんなワンサイドゲームでも楽しそうにプレーしてたもんね」

「そうっすよね？　皆が諦めそうな展開でも喰らいついて……誰よりも必死に走って、誰よりも必死に守って、誰よりも必死にシュート打って……んで、決めたら言うんっすよね。すげー良い笑顔で」

「『まだまだ！　試合はこれから！』」

「あの笑顔、マジで格好良かったっす！」

「だよね～。あの笑顔はちょっと反則だよね。凄い子供っぽく笑うんだもん」

「シュート決めるまではガチな顔のくせに、シュート決めたら子供が悪戯に成功したみたいな顔っすもんね。なんっすか？　ギャップ？」

「そうそう！　アレ、人気あったもんね、中学校でも」

「……お願い、もうやめて」

……なにこれ？　すげー恥ずかしいんですけど！　ほめ殺し？　ほめ殺しなのか!!

「……なにそれ」

「桐生？」

「……ズルい。ちょっと見てみたい、私も」

拗ねた様な顔で俺の服の袖をちょんっと摘まんで、つまらなそうに頰を膨らませる桐生。いや、ズルいと言われても……

「……まあ、昔の話だしな」

「……そうね。我儘言ってごめんなさい。でも……」

これ、言っても良いのかしら？　と首を捻る桐生に、俺は首肯を返す。

「……貴方、『負けるの嫌い』って言ってなかったかしら？　スポーツは……部活は勝ってこそって」

「言ってたな。今でもそう思うぞ？　試合は勝ってなんぼだって。でもな？　勝負って水物じゃん？　一生懸命練習しても、負けるときは負けるさ。相手だって勝つために必死に練習してるんだし。でも、それでチームメイトのミスを責めるのはどうかと思うぞ？」

まあ、正直手抜きな練習しててミスが出ればそりゃ、腹も立つよ？　でも、必死にやってる姿知ってりゃ、ミスしても仕方ねーじゃねーかと思うんだよ。神様じゃねーんだし。

「それに、必死に練習して負けて『悔しい』と思えりゃ、その次はもっと上手くなっていくさ。だから、一回のミスや一回の負けでグチグチ言う趣味はねーよ。そもそも、ミスして叱られりゃ、試合で委縮して良いプレーなんか生まれないしな。無難なプレーに終始しても良いことにならねーよ」

「勝っても？」

「そっちの方が最悪だ。だってそれ、思い切ったプレーしてないのに成功しちゃったってことだろ？　そしたら次も委縮して――『手抜き』してプレーする様になるからな。それ以上の伸び代がない」

下手な成功体験ならしない方が良い。ミスしても良いって思えるぐらいに全力でやれば、それで良いんだ。その方が糧になるし。

「まあ……だから、浩之さんがバスケ止めたって聞いた時、すげーショックで……瑞穂とか茜に聞いた時、腹が立ったんっすよね」

「……悪いな。不快な思いさせて」

「？　……っ！　あ、ああ！　違うんっす！　浩之さんに腹が立ったんじゃなくて……あんな幸せな環境でバスケが出来てるにも拘わらずグチグチ文句言う浩之さんのチームメイトに腹が立ったんっすよ！　ウチの中学の先輩方も文句言ってましたもん！　『浩之を要らないというならこっちにくれ！　浩之、転校してくれれば良いのに！』って！」

「無茶言うな」

俺が小学校の時に所属していたミニバスのチームの同級生は殆ど秀明と同じ中学校に行ったから、俺のことも良く知ってる。そう言ってくれるのは素直に嬉しいが。

「まあ、俺にも悪いところはあったんだよ。練習、間違いなくきつかったしな」

「勝つための練習でしょ？　文句言う筋合いなくないですか？」

「……この脳筋め」

脳筋に関しては俺も人のことは言えんが……まあ、意識の違いだ。レクリエーションで楽しみたい人と、勝ちたい人。その見極めが出来てなかったのが俺の一番のミスだな。

「まあ過去のこと言っても仕方ないっすけど……浩之さん、ミニバスのOB会にも顔出してないでしょ？　先輩方、随分寂しがってましたよ？」

「殆ど皆、現役でバスケやってるんだろ？　俺がどのツラ下げてって気もあるんだよ」

「皆気にしてないのに……」

「俺自身が気にしてんの」

「智美さんも全然来てくれないし……」

「私は忙しいしね～。近況は瑞穂とか茜から聞けるから、まあ良いかな～って」

「……はぁ。まあ、そういうことで凄く残念なんっすよね～。あ、でも！　瑞穂から聞きましたよ！　浩之さん、瑞穂とたまにバスケしてるんでしょ？　瑞穂が馬鹿みたいに自慢してましたもん！　ズルいっす！」

「ズルいって。あー……バスケっていっても殆ど遊びみたいなモンだぞ？」

「それでも良いっす！　今度、俺ともしてくださいよ！　ワン・オン・ワン、しましょうよ！」

「……聖上のベンチ入りメンバーとか？　どんなイジメだよ、それ」

ボコボコにされる未来しか見えん。っく……お前、さては小学校の頃に俺にボコボコにされたの恨んでやがるな!?

「今ならきっと、浩之さんにも勝てると思うんっすよね～。小学校の頃、一回も勝てなかったですけど」

「……なにその復讐（ふくしゅう）の仕方。まあ、遊びなら付き合ってやる。今度、連絡してこい。瑞穂も……智美も来るか？」

「あー……瑞穂に言うと『先輩と私の蜜月を邪魔すんな！　秀明、マジで死ね！』って言われるんで……」

「……んじゃ内緒で誘ってこい」

俺の言葉に秀明は嬉しそうに笑って。

「──はい！　よろしくお願いします、浩之さん！」

『今日はありがとうございました！　また誘います！』という秀明と、『もうちょっと遊びたいけど今日は無理言ったからね！　また遊ぼうね、桐生さん！』という智美と別れ、俺と桐生は一路自宅を目指して電車に乗った。

「……それにしても」

「うん？」

残念ながら席は一つしか空いてなく、桐生を座らせて俺は吊り革に掴まって立っている。そんな俺を見上げながら桐生は口を開いた。

「……凄いわね、あの……古川君」

「秀明？」

「……貴方のこと、好きすぎじゃない？」

「……まあ、懐いてくれてはいるな」

有り難い話である。

「それに……貴方の昔の話も聞けたし、結構実りがあったわね、今日。格好良かったんでしょ、中学の時？」

「そんなことはないと思うんだが……モテなかったし」

少なくとも、告白なんかされたことはないし。

「……まあ、周りに鈴木さんと賀茂さんがいればそうなるかもね。私でもきっと、遠慮するもの」

「……そうか？」

「そりゃそうよ。あの二人に勝つのは至難でしょう。たぶん、いろんな意味で」

「容姿とか成績？」

「それもあるけど……やっぱり仲の良さじゃない？」

「そっか。くそ、俺の青春時代はあいつらのせいで暗黒だったんだな！」

「ふふふ。思ってもないくせに」

……まあな。確かに青春ラブコメみたいな展開こそなかったが、楽しく過ごせてはいたし。

別段、後悔や恨みはない。

「それにしても……あーあ。ちょっと残念だったわね。私も東九条君の格好良い姿、見たかったな～」

「……そうか？　俺だぞ？」

面白いもんじゃないぞ、そんなに。そもそも、元がこれだし多少格好良くなってもたかが知れてるんじゃないかと思うんだけど……

「……貴方、自己評価低いフシがあるけど、そんなことはないと思うわよ？　さっきの古川君の話を聞いていた限り、貴方は皆に好かれていたんでしょ？」

「好かれていたかどうかはともかく……まあ、ミニバスチームの連中とは仲良かったかな」

「それはきっと、貴方の性格によるものじゃない？　さっきの話を聞いて私も思ったもの。努力をし、一生懸命頑張り、他者の失敗を責めずに、それどころか他者を引っ張っていく力がある」

「……言いすぎだろ、それ」

「そうでもないわ。私個人としては上司だったら最高のタイプだと思うわね」

「褒め過ぎだって」

「後は……先生も良いかも知れないわね。良いじゃない、先生。『東九条先生』って呼んであげようか？」

「……どんなプレーだ、それは」

大体、教師なんて俺向きじゃないだろ、きっと。

「それじゃ、お兄さん？」

「まあ、実の妹はいるが……」

あいつ、俺のこと舐め切ってるしな。

「ともかく……さっきの話を聞いて、ちょっとだけ誇らしかったのよ」

——私の許嫁はこんなに凄い人なんだって、と。

「……皆に、自慢したいぐらいに」

そう言って嬉しそうに、楽しそうに笑う桐生。その顔は本当に綺麗で、可愛くて、照れ臭くなった俺は顔を逸らす。

「……そりゃどうも、ありがとよ。ま、それはいいさ。それよりホレ、駅着いたぞ？　降りよう」

「あ、待って……はい。それじゃ行きましょうか」

並んで電車を降りて改札へ。改札を抜けるとそこは見慣れた俺らの町、新津だ。

「……なんかこの土日、よく遊んだよな？」

「そうね。でも、結構充実してたと思うわよ、私」

「そりゃ重畳。んじゃまあ、帰りますか」

駅からはさほど遠いわけではない我が家へ向かう。と、途中で桐生がその足を止めた。

「どした？」

「いえ……そう言えば食材、そろそろ切れかけてたな～って」

「そうだっけ？」

「ええ。お肉は冷凍室にあるんだけど……お野菜が」

「買い物して帰るか？」

「そうね……それじゃまだ三時だし、今日は私が作るわ！　折角昨日、賀茂さんに教えてもらったし……美味しい肉じゃが、作ってみせる！」

むん！　と腕まくりしてそんなことを宣う桐生。

いや、桐生さん？　それって……

「……明日はカレーになるヤツ？」

「……まあね。それぐらいしかバリエーションないし。ダメ？」

「ダメじゃないけど……一緒に説明を聞いた俺の前で披露する料理じゃないかもな」

　そんな俺の言葉に肩を竦めて苦笑を浮かべてみせる。

「まあ、そうだけど……良いの？」

「良いのって……何が？」

「だって、私の今の料理の知識って賀茂さんから教えてもらったものだけよ？」

「いや、なに言ってんだよ。お前にはあるだろうが、お家芸であり、伝家の宝刀である『焼く』が」

「馬鹿にして……そ、そうだけど！　でも、ちゃんと『料理』って呼べるのは賀茂さんから教えてもらったものだけなの！　そして私は早くそれを実践したいの！」

「まあ……分からんではないが」

　新しく学んだことってのは試してみたくなるもんだしな。

「でも、私の料理を知っている貴方には披露出来ないんでしょ？」

「そうは言っとらんが……」

「でも、そういうことじゃない。それ、良いの？」

「だから、何が？」

「だから」

　そう言って周りを窺うようにきょろきょろと見回して、俺の側にととととっと駆けてくる。なんだよ？

「──貴方、私が他の男の為に料理を作ったりしても良いの？」

つま先立ちで耳元に唇を寄せて、囁くように。

「……ちょっとも妬いてくれない？　『俺だけの為に作れ』って……思ってくれない？」

「……ノーコメントで」

そっぽを向き、そう言い放つ。が、きっと無駄だろ。

「ふふふ！　東九条君、顔真っ赤よ？」

分かってるよ、こん畜生。顔が熱いし、赤くなってるのは自覚しとるわ！

「揶揄うな」

「ごめん、ごめん。でも、安心して？　私が手料理を振る舞うのは、東九条君だけだから」

「……そりゃ光栄ですよ」

「ふふふ！　でしょー」

「はいはい」

嬉しそうに笑う桐生。

その姿にため息を吐きつつ……つうか、なんだよいきなり？

「どうしたよ、急に？」

そんな俺の言葉に、照れ臭そうに──そして、ちょっとだけ気まずそうに桐生は口を開く。

「……ちょっと他の皆が羨ましいと思ったのかもね。私の知らない貴方を知っているっていうのが……ちょっとだけ、羨ましいし……妬ましいと思ったのよ。話を聞いても『いいな』って思ったんだもん。近くで見ていた賀茂さんや鈴木さんが、東九条君に夢中になるのも分かるわね、って」

「……」

「まあ、こればっかりは付き合いの長さもあるし仕方ないけど……でもね？　だからこそ、東九条君にはほかの人の知らない私を知ってほしいって、そう思ったの」

　そう言ってペロッと舌を出して。

「……後は、私だけヤキモチ焼くの、悔しいじゃない？　だからちょっとだけ、東九条君もヤキモチ焼いてくれないかな～って思って」

「……さよか」

　はいはい。イヤでしたよ。お前が誰かに料理を振る舞って笑顔で『どう？　美味しい？』なんて言うと思うとイヤでイヤで堪りませんでしたよ。

「ふふふっ！　結果は充分、満足のいくものだったわ！　凄く嬉しいもん」

「言ってろ」

　くそ。悔しいが実際にちょっとヤキモチ焼いてる身分としては、なんも言えん。

「……ホレ、しょうもないこと言ってないでさっさと行くぞ。三時とはいえ、ゆっくり買い物したら遅くなるしな」

「そうね。そしたら料理の時間も少なくなるし……それじゃさっさと買って帰りましょ！　見てて！　これから私、どんどん料理上手くなってみせるからね！」

他ならぬ、貴方の為に、と。

「……期待してる」

「ええ！　期待してて頂戴！」

意気揚々、そう言ってスーパーの中に足を踏み入れる桐生に、俺はため息を吐きつつも……ちょっとだけ、嬉しくなってその後に続いた。

「……なあ、桐生？　普通の二人暮らしで、じゃがいもは箱では買わないぞ？」

「……そうなの？　我が家の台所、箱であったけど……」

「……前途多難だな、おい」

ま、まあこれからだよな、うん！

第四章　狂犬妹、現る、現る！

桐生（きりゅう）お手製の『肉じゃが』を食した夜。結構な量があったため膨（ふく）れた腹をさすりつつ、俺は自室のベッドに寝転がり食休みをとっていた。味は……なんだろう。決して不味（まず）くはなかったが、無茶苦茶（むちゃくちゃ）美味（うま）いわけでもないというか……無難？　無難な味だった。まあ、さして味は重要ではない。自分の為に作ってくれた、という事実が結構嬉しかったりするのだ。

「……ん？」

寝転がった俺の耳に『ブー、ブー』と何かが振動する音が机の上から聞こえてきた。視線をそちらに向けると。

「……茜（あかね）？」

机の上に置かれたマナーモードのスマホが振動していたのだ。画面に映し出される文字は我が妹である茜の名前。

「……もしもし」

『もしもし、おにぃ？　元気？』

「元気だけど……どうした？」

『いや～ちょっとおにぃの声でも久しぶり——でもないね』

「……そうだな」

コイツ、数日前にも掛けてきたしな、電話。涼子が智美と喧嘩したら必ず茜に愚痴り、そのまま茜が俺に文句を言う流れだし。

「……また涼子から電話があったのか？」

『ん？　なんで涼子ちゃんから電話があんの？』

「いや……今日、智美と遊びに行ったからさ。何処からかその情報を仕入れた涼子がお前に愚痴を言ったのかと……」

『涼子ちゃんは別にスパイじゃありませんので。そんなことまで知ってるわけないじゃん』

「そっか……まあ、そうだよな」

『でも、智美ちゃんと遊びに行ってたのは知ってるよ、私』

「……お前がスパイ？」

『私はただの女子バスケのグッドプレーヤーですよ。秀明から電話掛かってきたから』

「……ああ。つうかお前、秀明と絡みあったのか？」

『秀明と？　あるに決まってるじゃん。幼馴染だよ、私たち』

俺と智美、それに涼子もまあ仲良し幼馴染ではあるが、秀明と瑞穂、それに茜も幼馴染っちゃ幼馴染だし、仲も良かった。

「知らなかったぞ、俺。秀明が聖上って。お前、知ってるんだったら教えろよな？」

『……あのさ？　言えるわけないじゃん、そんなの。おにぃ、バスケやめてるんだし……秀明も随分気を遣って連絡してないんでしょ？　私にはよくおにぃの近況聞いてたけど。「浩之さん、元気か？」って』

……おうふ。

「な、なんというか……申し訳ない」

『あいつ、バカだけどデリカシーはおにぃよりあるから。まあ、それは良いよ。それより！　なんかおにぃが智美ちゃんと凄い美人連れて遊んでた姿を目撃したって言ってたよ。その凄い美人ってのが件の許嫁さん？』

「あー……まあな」

『凄い美人なの？』

「……否定はせん」

涼子、智美と共に三大美女って呼ばれてたらしいし……主観的に見ても美人さんだとは思います、ハイ。

『ほへー。そっか～……でもまあ、なんていうか……おにぃも凄いよね？　その取り合わせで一緒に遊びに行くって』

「何がだよ？」

『だってさ？　それって両手に花かも知れないけど、両手に核弾頭でもあるじゃん？』

「……」

いや、核弾頭って。

『智美ちゃんはおにぃ大好きだし、許嫁さんは……秀明曰く、仲が良さそうに見えたって言ってたし』

「……まあ、最初に比べれば仲良くはなったかな？」

『でしょ？　そんなの絶対、修羅場案件じゃん。まあ、涼子ちゃんがいないだけまだマシだけど……なに？　おにぃ、ラブコメの主人公かなんかなの？　ヤレヤレ系なの？』

「……俺のクラスメイトと似たようなこと言いやがって……ちげーよ」

ってていうか、誰がヤレヤレ系だ、誰――

……ん？

「……おい」

『ん？　なーに？』

「今、聞き捨てならんことを言っていた様な気がするが……なに？　智美が俺のことを好き？　つうか、涼子がいないだけマシって……涼子も俺のこと、好きっていうことか？」

『うん』

「……」

『……え？　気付いてないとか言わないよね？　それだったらドン引くんだけど……』

「……いや、気付いてないとは言わんが……え？　知ってんの？」

むしろ涼子には昨日告白もされたし。されたんだけど……え？　お前も気付いてんの、それ？

『むしろ知らないワケなくない？　何年一緒にいると思ってんの？　まあ、涼子ちゃんはともかく、智美ちゃんの好きは家族愛も含めてだろうけど……少なくとも、押し倒したらぎゅっと目をつぶってプルプル震えながらもしっかりおにぃを受け止めるぐらいには男として好きなんじゃないかな～とは思うよ？』

「女子高生が押し倒したりとか言うな！」

そんな子に育てた覚えはないぞ、お兄ちゃん！

『まあ智美ちゃんはまだまだお子ちゃまだからね～。その辺りの自覚はあっても、行動に移すのは難しいんじゃないかな～』

「……」

『あれ？　どうしたの？』

「いや……なんとなく、涼子と同じこと言ってるなと」

『涼子ちゃんの方がもうちょっと大人だからね～。現実が見えていると言いましょうか』

「……なにその上から目線。あれ？　お前、俺らより年下だったよな？」

『『妹』でしょ？　年下に決まってんじゃん。でもまあ、そういう幼馴染の機微的なモノは私らの方が上かもね』

「幼馴染の機微って」

『だっておにぃたちってさ？　幼馴染拗らせてるでしょ？』

うぐ……ひ、否定は出来ん。出来んが……

「……なんだよ、幼馴染拗らせてるって」

『智美ちゃんはおにぃに依存しているし、おにぃはおにぃで智美ちゃんに依存している。涼子ちゃんはそんな二人を良しとはしないで、それでも黙って見守っている。ほら？　幼馴染拗らせてる』

「……別に俺は智美に依存してないと思うんだが？」

『そんなことないよ？　だって今日、智美ちゃんと遊んだんでしょ？』

「遊ぶと依存になるの？」

『黙って聞く。それって、約束してたの？』

「……いいや」

『でしょ？　こっからは想像だけどさ？　おにぃ、昨日は涼子ちゃんと一緒にいたんだよね？　涼子ちゃんから聞いたけど』

「まあ、うん」

　桐生もいたけど。

『そんでそれを聞いた智美ちゃんが『ズルい！』って言って突撃訪問してきたんじゃないの？　あの二人、絶賛喧嘩中だし』

「突撃訪問ではないが……大体あってる」

　まあ、突撃電話ではあったたな。

『もし秀明が『茜～、バスケしようぜ～』なんて約束もなしに来たら絶対断るわよ？』

「……どっかで聞いたことあるフレーズだが」

『野球しようぜ～』と尋ねてくる眼鏡くんが浮かんで消えた。

『でも、おにぃはそんな智美ちゃんの突発的なお話を快く受けて、一緒に遊びに行きました。なんでよ？』

「別に快く受けてないが……なんでって……」

なんでって……仕方なくないか？　だって智美だぞ？

『……きっとさ？　おにぃは思ったんじゃない？　『智美だから仕方ない』って』

「……俺って分かりやすいの？　それかお前、もしかしてエスパー？」

『エスパーじゃないよ。前者だよ、前者。おにぃ見てたら分かるもん。きっとおにぃは『智美だから仕方ない』『智美のいうことは聞いてあげないといけない』『智美は俺がいないとダメだ』って、そう思ってるんだよ』

「いや、俺がいないとダメだとは思ってないが」

『本当に？　『仕方ねーな。面倒見てやるか』って思ったこと……ない？』

「……」

それは……まあ、ないわけではない。ないわけではないが。

「……でも、幼馴染だったら普通じゃね？」

幼馴染ってのは、普通の友達よりもきっと、濃度の高い生活を送っている。だからこそ、智美も涼子も大切で、大事で――言ってみれば、それは家族に近い関係性で。

「智美も涼子も……姉であり、妹であり――」

『家族だって？』

「……」

『家族じゃないよ、おにぃ。智美ちゃんも涼子ちゃんも密度の濃い『他人』なんだよ？』

「……だけど！」

『おにぃたちの関係性ってね？　共依存に似てると思うんだ、私』

言いかけた俺の言葉を遮る様に。

「……共依存？」

『なんだろう？　お互いがいないとダメっていうか』

「……」

『……涼子ちゃんもおにぃに依存しているとは思うんだけど……ホラ、涼子ちゃんって結構人見知りじゃん？』

「……まあな」

『だから、智美ちゃんよりマシなんだ』

「普通、逆じゃねーのか？」

『ううん。涼子ちゃんは分かってるから。自分が人見知りで、親しい友達っておにぃとか智美ちゃんとかだけだから、その関係に依存しすぎちゃいけないって。でもさ？　智美ちゃんって友達多いじゃん？』

「そうだな」

『だからきっと、自分がおにぃに依存してるってあんまり気付いてないんだよね。勿論、大事で取られたくないとは思ってるんだろうけど……そこまで考えてないいんじゃないかな？　なまじ友達多いだけに、仮におにぃが何処かに行っても大丈夫って思ってると思うんだよね。でもさ？　絶対、そんなことないいんだよ。それはきっと、おにぃだってそう』

「……」

『今の関係が心地よいいんでしょ？　涼子ちゃんがいて、智美ちゃんがいて、三人で過ごす関係性が』

「……はぁ」

……そうだな。否定はしない。

「……確かにな」

『許嫁がいて、それでも大事な大事な幼馴染がいる生活が、心地好いいんでしょ？』

「……」

そう言われると……なんだろ？

「……もしかして俺、結構最低なこと言ってるか？」

『もしかしなくても最低。どんだけ気が多いいんだって話だし』

「……それは」

『ああ、言っておくけど別に『女として大事とかではなく』なんて言い訳してもそうだよ？

三人が三人で過ごすことを肯定するんだったら、それは許嫁さんにとっても不義理だし』

「……」

返す言葉もねーよ。

『ま、別に私はそれでも良いとは思ってるけどね～』

「……はい？」

『だから、別にそれは構わないんじゃない？　って思ってるって言ってるの』

「いや、お前さっき最低って言ったじゃん」

『端から見ればね。でもね？　それは第三者の意見であって、智美ちゃんとか涼子ちゃん、それに許嫁さんがそれで良いと思ってるんなら私は別に良いと思ってるんだよ』

「……よく意味が分からん」

『そう？　んー……喩えが難しいんだけどさ……例えばお花、あるじゃん？』

「花？　花ってあれか？　薔薇とかの、花？」

『別に薔薇に限った話じゃないけど……まあ、そのお花。おにぃってさ、きっとお花と一緒なんだよね』

「……？　どういう意味だ？」

『おにぃはお花みたいなもので、それで、智美ちゃんとか涼子ちゃんはその周りを飛んでいる蝶々みたいなモンだってこと』

「……ごめん、説明されたら余計意味が分からなくなったんだが？」

『蝶々がお花の周りにいるのは美味しい蜜があるからでしょ？　涼子ちゃんや智美ちゃんだってそう。おにぃの周りで飛び回るのは、おにぃと一緒にいると心地よかったり、楽しかったり……まあ、ドキドキしたり、そういうことが出来るからでしょ？』

「……だろうか？」

『そうなの。でもさ？　蝶々は言わないいんだよね』

——私の為だけに、蜜を提供してくれと、と。

「……」

『蝶々は言わないいんだよ。他の蝶に蜜を分け与える花に対して、『浮気者』となじることはないんだよ。『止めてくれ』って懇願することはないいんだよ。『私だけを見て』と詰め寄ることはないいんだよ』

「それは……そうだろうけど。でもそれ、蝶の話だろ？」

『そだね。でもさ？　私たちは蝶じゃなくて人間なんだから。考える頭があるじゃん？　嫌なら他の花に行けばいいじゃん。ベタだけど、星の数ほど異性はいるし……涼子ちゃんと智美ちゃん程のポテンシャルなら、普通に星にも手が届くと思うよ？　でも、そうしないでおにぃの傍にいるのはもう、二人の勝手じゃん』

「……そりゃ……そうかも知れないけど」

『おにぃがもし、他の花に行こうとした蝶を引き留めたんなら話は別だよ？　その上で、他の蝶にも蜜を提供するようだったら、兄妹の縁を切るね。でも、現状でそうじゃないなら、私は良いんじゃないかなと思ってる。智美ちゃんと涼子ちゃんに関しては、だけど』

「……俺は？」

俺は別に良くないって意味か？　そう思い、訊ねた俺に茜は珍しく歯切れが悪く言い淀み、口を開いた。

『……こういう言い方、あんまり好きじゃないんだけどさ？』

「おう」

『……涼子ちゃんも智美ちゃんも大事な幼馴染だし……お姉ちゃんみたいに思ってる。思ってるけど……やっぱり、他人なんだよね』

「……お前」

『あ、だ、大事じゃないってわけじゃないよ！　でもさ？　その……そこまで踏み込んで話をしても良いのかって思うんだよね』

「……まあ、それは分からんでもないが」

『で、でしょ？　その点、おにぃは完全に身内じゃん。身内なら、やっぱり少しぐらいは踏み込んでも良いのかなって思うんだよね。さっきはああ言ったけど、やっぱりその関係は歪だと思うし』

「……まあな。っていうか、そう考えたらお前らスゲーな」

秀明と茜、それに瑞穂も幼馴染だ。よく考えたらこいつらがこんなことで悩んでる姿を見たことがない気がするんだが……

「なに？　もしかして俺が知らないだけで、お前らはお前らであるの？　こういう悩み的なヤツ。あるんだったら聞くけど、お兄ちゃんとして」

『ありがとう。でも、私たちにはないね。私たちは完全に私と瑞穂連合バーサス秀明の図式だから』

「嫌いなのか？　秀明？」

『まさか。もし秀明に『付き合って下さい』って言われたら……そだね。三回ぐらい振った後に付き合っても良いぐらいには好きだよ？』

「……嫌いなのか？　秀明のこと？」

それ、嫌いな人間にする対応じゃね？

『好きだってば。嫌いな人間なら百回告白されても御免だもん。ただ、身近で幼馴染の生きた失敗例見せられて、幼馴染同士で泥沼の恋愛模様繰り広げる程、私たちもバカじゃないし。お互いにある程度セーブして生きていってるところはあるかも』

「失敗例って」

『違うの？』

「……違わないかな。なんか申し訳ないな」

『別に謝ってもらうことじゃないけどね。っていうか、おにぃたち三人の幼馴染と私たち三人の幼馴染は根本的に違うしさ』

「……そうなのか？」

『そうだよ。だって私たち、ずっとバスケばっかやってたし』

「俺らだってバスケばっかやってたぞ？　涼子は……まあ、マネージャー的存在だったけど」

『そうじゃなくて……瑞穂も秀明も私も、バスケで知り合った仲でしょ？　でも、おにぃたちは違う。おにぃたちはバスケの前に幼馴染で……極論だけどさ？　もしおにぃが始めたのがバスケじゃなくてテニスだったら、智美ちゃんはテニスしてたと思うし、涼子ちゃんはテニス部のマネージャー的存在だったんじゃないかなって思うよ？』

「……」

『私たちは純粋にバスケで繋（つな）がった仲だけど、おにぃたちは無理矢理『幼馴染』をバスケにはめ込んだ形でしょ？　んー……どういえば良いのか……私たちには幼馴染以外の拠（よ）り所（どころ）があるといいましょうか……』

「……なんとなく、分からんではない」

『そう？　だから、おにぃたちほど『どろどろ』してないんだよね、私たち。裏を返せばおにぃたちほど仲良しじゃないっていうか』

「仲良しじゃないって」

『そこまで依存してないってこと。まあ、瑞穂なんかは気に喰わないみたいだけどね、おにぃたちの関係。『ぬるま湯につかって楽しんでるなんてありえねーですよ』って言ってる』

「……ぬるま湯って。まあ、当たらずとも遠からずではあるが……」

お互いにビビって一歩を踏み出さないのは、言われて見ればぬるま湯で遊んでる様に見えるかも知れないな。

『……だからさ？　やっぱりおにぃがしっかりしないとダメなんだよね。今日、秀明から聞いてちょっと思うところがあったんだ』

「……今日の電話の用件はそれか？」

『ま、そうだね。このままじゃ、智美ちゃんと涼子ちゃん、それに瑞穂と秀明と……許嫁さんとおにぃ、誰も幸せにならないと思うんだね。許嫁さんはともかく、私は皆好きだしさ？　出来れば皆に幸せになってほしい』

「……俺もだよ、それは」

『ううん。おにぃはそう思ってない。違うか、そう思っても動いてない』

「……」

『ねえ、おにぃ？』

おにぃは、このままで良いと思ってるの？　と。

「……思ってはねーよ」

いつか俺らは離れ離れになるだろう。直近では大学進学、万が一、同じ大学に行っても、それを過ぎて社会人になればきっと職場はバラバラになる。仮に凄い確率で一緒の職場だったとしても……やがて誰かが結婚でもすれば、今の関係は続けられないと、そうは思ってる。

『だよね』

「……」

『……だからまあ、此処は可愛い可愛い妹が荒療治を施そうと思ってね？　ちょっと電話したんだ』

「……荒療治って」

怖いんだけど？　なにするの？

『……もしかしたら皆に嫌われたり、もしかしたら恨まれるかも知れないけど……でも、それでもね？　皆が幸せになって動き出す為に、私がその役目を担ってあげる。ああ、なんて良い妹なんでしょう～』

芝居がかってそう言ってみせる茜。

「……無理すんなよ」

『……無理もするよ。大事なおにぃの為だもん』

「……悪いな」

『うん。ま、おにぃも大変になるから、覚悟しといてって話』

「……了解。せいぜい、お手柔らかにな？」

そんな俺の言葉に。

『…………それはちょっと無理かな～。茜、動きます』

「ちょ、お前!?　何する気!?」

……すげー不安なんですけど。

月曜の昼。いつも通り――とは言わんが、結構高い頻度で行われる賀茂涼子プレゼンツ、お昼ご飯大食事会にお呼ばれした俺と桐生に、涼子はそう言って声を掛けてきた。箸で摑んだウインナーを口の中に放り込んで咀嚼してから、俺は涼子の問いに答える。

「秀明君に会ったんだって？」

「ん？」

「……そう言えば」

「……そうだけど……なんで知ってんの？」

「茜ちゃんから電話があったんだよ。秀明君が浩之ちゃんと会ったって」

「……わざわざそんな電話してきたのか、アイツ？」

「用件は別だよ？　話の中でそんな話になっただけ。凄い美人さんを連れてたらしいって聞いたけど……桐生さんのことだよね？」

「凄い美人さんかどうかはともかく……一緒に古川君に会った女性、となると私のことね。光栄だわ、凄い美人なんて」

「まあ桐生さんは美人さんだしね～。でもそっか。昨日は智美ちゃんと遊びに行ってたのか～」

「……怒る？」

「なんで？」

「いや……智美、『涼子とばっかり遊んでズルい！』って日曜日の朝っぱらから電話掛けてきたんだよな。だからその……」

「……ああ。私も『ズルい』って言うかってこと？」

「……まあ」

「……はぁ。言うわけないじゃん。だってあれでしょ？　それ、土曜日に私が浩之ちゃんと桐生さんの家に行ったことが原因でしょ？」

「原因っていうか……」

まあ、当たらずとも遠からずではある。あるが、別に涼子が悪いワケではない。

「誘ったのはこっちだしな。別に原因とは思わんよ」

「そう？　まあともかく、それで『ズルい！　今度は私と！』ってなると、きっと智美ちゃんも張り合って収拾つかなくなりそうだしね。今回は我慢しておくよ」

「助かる」

本当に。これで連日連夜連れ回されたら流石にたまったモンじゃねーし。そう思って頭を下げる俺に、涼子はなぜか呆れた様にため息を吐いた。なんだよ？

「……ううん、なんでもないよ。保護者みたいだな～って」

「……」

「……茜ちゃんに言われたんでしょ？」

「……アイツ。用件ってソレか？」

「茜ちゃん、私にも言ってたよ？　『涼子ちゃんも覚悟してて』って」

「なんの話かしら？」

お弁当の唐揚げを口に放り込みもぐもぐと咀嚼した後、桐生がコテンと首を傾げる。

「……昨日、妹から電話掛かってきたんだよ」

「そういえば貴方、昨日は部屋から出てこなかったわね？　なんの電話？」

「あー……」

どういえば良いんだろ、これ？

「私と浩之ちゃんと智美ちゃん、三人の関係性について、かな？」

そう考えてた俺を察してか、涼子がフォローを入れてくれる。出来た幼馴染だ。

「……どういうこと？」

「昨日、茜ちゃん……浩之ちゃんの妹に言われたんだ。『いつまでこの関係を続けるつもりなの』って」

「……そう」

「『このままじゃ皆、不幸になるから。申し訳ないけど、涼子ちゃん。私、動かせてもらうね』って」

「……それ、東九条君の妹さんがすることなのかしら？　流石に口を挟みすぎな気もするんだけど？」

「まあ、そう言われたらそうだけど……でもさ？　こないだも言ったけど、私だってこの関係が良いとは思ってないんだ。待つつもりはあるけど、ブレイクスルーしてくれるなら、それはそれで有り難いんだよ」

「待つのは苦じゃないと言ってなかったかしら？」

「苦じゃないよ？　でも、待ちたいワケじゃないから」

そう言って卵焼きを口に運ぶ涼子。

「……ん、美味しい。まあ、茜ちゃんならいつか動くかな～とは思ってたんだよね。茜ちゃん、浩之ちゃんのこと大好きだし」

「……そうか？　完全に舐められてると思うんだが？」

「そんなことないよ。茜ちゃん、浩之ちゃんの自慢ばっかりしてたもん。国体選抜候補に選ばれた時も、『やっぱりおにぃは凄い！』って飛び跳ねて喜んでたんだよ？　……私や智美ちゃん、瑞穂ちゃんが引くほどに」

「……そうかよ」

「その後我に返って真っ赤な顔しながら『ま、まあ所詮候補だけどね』とか言ってた。正直、無茶苦茶可愛かったよ、あの茜ちゃん」

「……言ってやるな」

なんか不憫になるから。

「……貴方たち兄妹って仲良いのね」

「あー……どうだろう？　普通に仲は悪くはないと思うけど……どう？」

「仲は良いね、浩之ちゃんと茜ちゃん。だからこそ、今の三人の関係が許せないんじゃないかな～。『大好きなおにぃをこれ以上苦しめるな！』って感じじゃない？」

「……別に俺は苦しんでは」

「でも、このままで良いとは思ってないんでしょ？」

「……まあ」

「なら、それを打開しようと動いてくれてるんだよ、茜ちゃん。まあ……茜ちゃんのすることだから、どんなことになるかちょっと不安だけど……」

「……だよな」

「……そうなの？」

「……昔からアイツ、思い込んだら『こう』って動くことがあるんだよな。だからまあ、色々と不安になるっていうか……」

「……何か前科があるのかしら？　『こう』と動いた事件が」

「あー……涼子？」

「そうだね～。ま、桐生さんには言っても良いかな？　ほら、私ってちょっと引っ込み思案なところがあるのね？　だからまあ、小学校の時とかイジメ……じゃないけど、揶揄(からか)われたりしたことが結構あったんだ。直ぐにほっぺとか真っ赤になるから、『リンゴちゃん』って揶揄われてね？」

「……しょうもないことをする人間は何処にでもいるのね」

「……まあ、涼子の場合それだけじゃなかったんだけどな」

「そうなの？」

「涼子はまあ……小学校の頃から人気があったからな。ホレ、小学校男子なんてアレだろ？ 好きな子からかいたくなる的な」

「……ああ」

「そんなこともないと思うけど……でね？ ごみ捨てに行くのに校舎裏の焼却炉に行ったら、そこにいたクラスの男子数人に囲まれて、凄く囃し立てられたんだ。『リンゴ、リンゴ』って」

「……」

「それで、ちょっと泣きそうになったんだ。それで、涙をこらえていたら」

「……こらえていたら？」

桐生の言葉に、にっこりと微笑んで。

「私をイジメてた男子、真横に吹っ飛んでいった」

「……は？」

「……丁度当番でごみ捨てに行ってた茜が走って飛び蹴りかましたんだよ。それで男子、吹っ飛んでな？」

「格好良かったな～、茜ちゃん。『涼子ちゃんをイジメるな！』って」

「……俺からしたら悪夢だったけどな」

本当に。あの後、涼子をイジメて……つうかからかってた男子から『いや、俺らも悪いけど……お前の妹、マジでやべーだろ？』って言われたし。

「……凄いわね」

「こんなもんじゃないけどな、茜伝説」

「……まだあるの？」

「小学校、中学校のあだ名が『狂犬』だったと言えば想像がつくか？」

「……」

「……で、でも！　悪い子じゃないのよ！　その……ぼ、暴力とかは誰かの為にしか振るわなかったし！」

「……誰かの為でもホントはダメなんだけどな、暴力。誰に似たんだか」

マジで、誰に似たんだろう？　親父(おやじ)も母さんも温厚な方なのに、なんであいつだけ血の気が多いのか。

「……まあ、そういうわけで茜が動くと結構面倒っつうか……なんかヤバいことになりそうな気はしてるんだが」

「……大丈夫なの、それ？」

「大丈夫だろ。まあ、お前には迷惑を掛けないと思うし」

「そういう意味じゃないんだけど……まあ、分かったわ」

そう言って桐生は涼子のお弁当の中にある肉じゃがに箸(はし)をつける。『くぅ……この味、どうやって出すのかしら……！』なんてぐぬぬと唸る桐生にちょっとだけほっこりしながら、俺も涼子の弁当に箸を伸ばした。

「あら？」

「お？　どうした？」

駅からの帰り道。家に向かって歩いているとスーパーの前で見慣れた姿を見つけた。

「お帰りなさい」

「ただいま……って此処で言うことか？」

桐生だ。手には買い物袋を持っている。

「どうした？　昨日買い物したのに……と、貸せよ。持つ」

「自分で持てるわよ？」

「一緒に帰らないのか？」

「？　別々に帰る意味があるの？」

「じゃあ貸してくれ。お前に持たせて隣歩くの、ちょっと嫌だし」

「……女の子扱い？」

「……まあ」

「……それじゃ、お言葉に甘えて」

渡されたレジ袋は異常に軽かった。中身はなんだろうと覗いてみると。

「コンソメ……と、クリームシチューの素？」

「今日はカレーにしようかと思ったんだけど……クリームシチューでも良いかなって思って。でも……肉じゃがからクリームシチューって合うと思う？　和風から洋風なんだけど……醤油も入ってるし」

「良いんじゃね？　クリームシチューに味噌入れたりもするらしいし」

「お味噌入れるの!?　合うの、それ？」

「ご飯に掛けて食うと美味いらしいぞ。あんまり綺麗な食べ方じゃないかも知れんが」

「……まあ、カレーと思えばそれほど違和感は……でも、あるわね？」

「好みの問題かな、それは」

並んで桐生と歩きながらそんな話をする。日も落ち掛け、道路には俺と桐生の影が長く伸びていた。

「……ねえ、東九条君？」

「ん？　どうした？」

「その……ちょ、ちょっと寒くない？」

「そうか？」

別に暑くはないけど、寒くもなくもないぞ？

「さ、寒いの！　だ、だから……」

　手でも、繋がない？　と。

「……」

「……」

「……な、なし！　今の、なし！　やっぱり――」

　最後まで、喋らせない。

「……寒いからな」

「……うん。寒い、から」

　俺の左手が、桐生の右手を掴む。道路に伸びていた影はより一層近付き、その姿はまるで恋人同士の様で、なんだか俺の頬もゆるゆると緩んで。

「――浩之さん」

　だから、不意に聞こえた声に思わずビクリと肩を震わす。それが聞きなれた――具体的には昨日よく聞いた声だったことに気付き、俺は振り返って。

「……秀明？」

　そこには逆光で顔は見えないも、肩を怒らせる秀明の姿があった。

「……何してんだよ、こんなところで」

「……浩之さんこそ、何してるんですか？　『こんなところ』で。浩之さんの家、もう二駅先でしょ？」

一歩、また一歩とこちらに歩みを進める秀明。その顔にははっきりと怒りの表情が浮かんでいた。

「……秀明？」

「答えて下さいよ、浩之さん！　なんでこんなところにいるんですか？　なんで買い物袋なんて持ってるんですか？　なんで——」

——桐生先輩と、手なんか繋いでるんですか、と。

「答えて下さいよ、浩之さんっ!!」

「……なんでって……」

……答えづらい。いや、『許嫁（いいなずけ）です』とか、言えねーんだけど。

「……茜から聞きました」

「……なにを？」

「浩之さんに、『良い仲』の人がいるって」

「……茜」

……これかよ、アイツが言ってたのって。すげー爆弾じゃねえか、おい。

「……嘘だと思いました。だって、浩之さんだし」

「……俺がモテてはねーって言いたいのかよ？」

まあ、実際モテてはねーんだけど。

「そうじゃないですっ！　だって、だって……浩之さんには智美さんと涼子さんがいたじゃないですかっ！　三人で仲良さそうにしてたじゃないですかっ！　なのに……なのに、なんで、桐生先輩と手なんか繋いでるんですかっ‼」

「そりゃ……」

「桐生先輩と浩之さん、付き合ってるんですか⁉　智美さんと涼子さん、お二人を捨てて、その人を選んだんですかっ‼」

「捨てててって……そういうわけじゃねーよ。それに、捨てるとか捨てないとか、そういう話でもなくてだな」

「じゃあ、なんですか！　まさか……お二人をキープするって、そういうわけですか！」

「……話聞けよ」

秀明、もの凄くヒートアップ。いや、秀明さん？　そんなこと俺、一言も言って——

「これじゃ……これじゃあんまりに智美さんが可哀想ですよっ！　なんで！　なんで浩之さんは桐生先輩を選んだんですかっ！」

「……っ」

……なんだろう？

「……何言ってんだよ、お前？」

少しだけ——腹が立ってきた。

「……」

「『智美さんが可哀想』？　は？　お前に智美の何が分かんだよ？　なあ、おい？　なに偉そうに喋ってんだよ、お前？」

「……なんですか？　開き直りですか？」

「開き直り？　そんなんじゃねーよ、ボケが」

――あの時。

俺は、間違いなく、智美に惹かれていた。智美と寄り添い、智美と共にありたい、と確かにそう思った。

「――何が智美が可哀想だよ？　ふざけんなよ、お前？」

――なのに。

そんな俺の想いを封じたのは――他ならぬ智美で。

「……お前に一体、智美の何が分かるってんだよ。勿論、俺ら三人のことも」

……落ち着け、俺。

秀明に当たっても仕方ない。だから、落ち着け。落ち着け――

「――分かりますよ。智美さんのことなら」

だって、と。

「――ずっと……ずっと、見てましたからっ！　小学校で初めて出会ったときから……ずっと、ずっと智美さんを見てましたからっ！」

「……秀明？」

俺を睨みつける様にして。

「──俺は……鈴木智美が、世界で一番、大好きなんですよっ!!」

まるで、時間が止まった様な感覚。そんな静寂を打ち破ったのは秀明だった。

「……小学校に上がって、直ぐに体が弱いからってミニバスのチームに入れられて……イヤイヤ練習しても、全然上手くならなくて、体力もなくて……いっつもいっつも止めようと思って。でも、そんな時に」

──ねえ、一緒に練習、しよ？

──ふるかわひであき君？　じゃあ、秀明だ！

──さあ、シュート練習しよ！　行くぞ、秀明！

「……いつでも俺のことを気に掛けてくれて……俺がついていけなかったら、俺のペースに合わせて、一緒に練習してくれて……まるで姉のようで……でも、結構おっちょこちょいなところもあって……そんなところが、放っておけなくて！」

「……」

「……気が付けば、ずっと智美さんを目で追ってました。彼女が笑うたびに、胸が高鳴って……」

──でも、と。

「……智美さんの隣には、いつも浩之さんがいました」

「……」

「……最初はそりゃ、悔しかったです。本当に、浩之さんのことも腹立つぐらい憎くて……なのに、浩之さん。貴方(あなた)はバカみたいに優しい人だから」

　いつしか、自分の心に折り合いをつけていた、と。

「……貴方なら智美さんはきっと幸せになれるって、そう思いました。だから、浩之さんと智美さんが付き合うなら……恋愛関係になるのなら、俺も諦めがつくって思ってました。心の底から祝福しようって、そう思ってました。なのに……なのに、こんなの、智美さんがあんまりに可哀想じゃないですかっ！」

「……お前の気持ちは分かった。そして、それに気付いてやれなかったのは兄貴分として失格だと、そうも思う」

「……いえ」

「だが、それとこれとは話が別だ。俺が誰を選んだとしても」

　——誰に……選ばれなかったとしても。

「——お前には関係ない」

「っ！　分かってますよ！　でも、それじゃあんまりに智美さんが可哀想だからっ！」

「可哀想、可哀想ってうるせーんだよっ!!　智美の何が可哀想なんだよっ!!　俺に選ばれなかったら、智美が可哀想ってか？　お前、言ったよな？　『智美さんか涼子さんを選ぶと思った』って。それじゃ涼子はどうなるんだよ？　桐生は？　こいつらの気持ちは無視して、お前は智美が幸せだったら良いってのかよっ！　桐生はともかく、涼子にはお前も随分(ずいぶん)世話になっただろうがっ！　なにか？　てめえの好きな女が幸せならそれで良いのかよ、お前はっ!!」

「そうじゃないっす！　そうじゃないですけど、でも、智美さん可哀想じゃないですかっ！」

「だから、何がだよっ！」

「だって！　智美さん、浩之さんの為に東桜女子の推薦蹴ったんですよ！　それなの――」

「――……なんだと？」

「――っ!!」

秀明が慌てた様に口を塞ぐも……もう、遅い。

「おい。お前、今、なんて言った？」

「……」

「東桜女子って……アレだよな？　ここ数年、ずっと全国に行ってる『あの』東桜女子だよな？　そこの推薦を蹴っただと？　智美が、か？　どうなんだ？」

「……」

「答えろ、秀明!!」

「……すみません。口が滑りました」

「そんなことはどうでも良い。事実か？」

「……事実っす。智美さん、中三の最後の大会で活躍してたんで……スカウトの目に留まって、それで」

「……それを断ったのか、智美は」

「……」

「……俺のせい、か？」

「……智美さんは『あんなキツイ練習、ついていけないしね～』って。でも……あの時の浩之さんの話を聞くと……」

「……」

「……ミニバスのＯＢ会に顔を出さないのも、きっと浩之さんが顔を出さないからでしょうし……そういう人ですから、智美さん」

「……あいつ」

「く、口を滑らした俺が言うことじゃないかも知れないっすけど、智美さんを責めないで下さい！」

「……責めねえよ」

責めれるか。責めれねえけど……ああ、くそっ！

「……」

イライラしてきて、頭を掻きむしる。そんな俺をじっと見つめ、秀明は口を開く。

「……すみません、失言でした。ともかく、浩之さんが……『もういい』と、智美さんのことなんて、もう傍にいなくても良いと……そう言うなら」

俺が、智美さんをもらいます、と。

「……」

「『良いとは言ってない』とか、言わないで下さいよ？　そんな浩之さん、俺、見たくないです」

「……」

「……言いっ放しで申し訳ないですけど……覚悟しててください。瑞穂、いつも言ってました。『あの三人はぬるま湯だ』って。なら」

俺が、その『ぬるま湯』、終わらせますから。

「……失礼します」

そう言ってペコリと頭を下げ、秀明は背中を向けて歩き出し。

――俺はその背中を、ただただ見つめるしかなかった。

第五章　ボタンを掛け違えたのは、きっと俺

ベッドの上に寝ころび、俺はここ数日ですっかり見慣れた自室の天井を見上げていた。頭の中ではぐるぐる、ぐるぐると秀明の言葉が回る。

「……」

智美が、東桜女子を蹴った？　東桜女子っていえば、この辺でバスケしている女の子の憧れの学校だぞ？　その学校を蹴って……それで、なんで強くもなんともない天英館にいるんだよ？　バスケをマジでやる選択をするなら、絶対にありえない選択肢なのに。

「……バスケにマジじゃない？」

……いや、そんなことはない。智美は上背もあるし、本気で取り組めば東桜女子でレギュラーも取れる。それぐらいの実力は充分にあるヤツだ。じゃあ、なんで？

「……俺のせい、か？」

……俺のせい、だろうか？　俺のせいで、智美は自らの可能性を閉ざして、それで――

「……東九条君？　起きてる？」

不意に、コンコンコンとノックされる扉。その音に現実に戻される様、俺は視線をそちらに

向ける。

「……起きてるぞ」

「……ちょっと、良いかしら？」

「……どうぞ」

俺の言葉に、遠慮がちに部屋のドアが開けられる。なんだか気まずそうな表情を浮かべる桐生の姿に、知らず知らずの内に苦笑が漏れた。

「……どうした？」

「どうしたって……その……貴方、夕食の時も元気なかったし……ちょっと心配で」

「自殺でもしそうだったか？」

「……そこまでは……でも、そうね。どこかに行ってしまうんじゃないかと思ったわ」

「……わりぃな。迷惑掛けないって言って、いきなり迷惑掛けてるんだもんな。びっくりしたろ？」

「……そうね。びっくりはしたわね」

「秀明の告白か？　俺もびっくりしたわ、アレ」

「それもだけど……貴方があんなに感情を露わにするのも初めて見たわ。あそこまで怒るなんて」

ちょっとびっくりしたと笑い、桐生はベッドまで歩を進めると俺の隣にポスンと座る。

「……近くね？」

「ダメ？」

「ダメじゃねーけど」

なんとなく、落ち着かない。そんな俺の微妙な表情を見て桐生はクスリと笑ってみせた。

「……お疲れだったわね、今日も」

「……だな。なんか、最近疲れるイベントが多い気がする。それもこれも茜のせいだな」

全く。あいつ、流石に爆弾ぶっこみ過ぎだろ？

「……嘘ばっかり」

「……」

「……なんだか……少しだけ、『ほっ』とした顔してるわよ、今」

「……別にほっとはしてないぞ？　問題山積みだし」

本当に。全然、ほっとはしてない。

「……そう？」

「まあな。でも……これで、良くも悪くも進まなくちゃいけないとは思っている。問題山積みだけど、少なくともなんとかしなくちゃいけないとは思ったし」

秀明の想いは本物だろう。ならば、俺は俺で答えを出さなくちゃいけない。じゃないと秀明も智美も、皆不幸になるから。

「……茜の言ってたことってこれだったんだな」

「何を言っていたの？」

「『おにぃたちが前に進まないと誰も幸せにならない』って」

「……」

「……きっと茜は分かってたんだろうな」

ボスンとベッドに寝転がり天井を見つめる。茜はきっと分かっていたんだろう。分かってい
て、だからこそこんな爆弾を放り込んだんだろう。

「……恨んでいる？」

「茜をか？　んー……どうだろう？」

「……」

「……恨んではいないかな。むしろ、至らない兄に色々教えてくれて感謝すらしている」

「……そう」

「まあ、やり方、もうちょっと考えてくれれば良かったのに……とは思うけど……」

でも、きっとこれぐらいの『劇薬』じゃないと俺らは動けなかっただろう。何も見ず、何も聞かずにそのまま過ごしていたんじゃないかと思う。そして、抜き差しならない状況に追い詰められていた様な気すらしている。いや、今だって十分抜き差しならない状況なのかも知れんが。

「……ある意味で、早めに気付かせてもらったのかもな」

「……出来た妹さんね」

「知ってるか？　兄妹のどっちかが不出来だと、どっちかは優秀らしいぞ？」

「その理論でいうと妹さんの方が優秀？」

「まあ、間違いなくな」

出来た妹だぜ、全く。

「……」

「……」

しばし、流れる沈黙。少しだけ冷静になれる様なそんな時間の中で、口を開いたのは俺だった。

「……なあ」

「……なに？」

「俺……間違ってたのかな？」

「何が？」

「智美との……」

いいや。

「三人の関係」

俺たちはずっと一緒だった。

笑った時も、泣いた時も、怒った時も。

楽しいことも、悲しいことも、腹が立つことも。

三人で経験し、三人で分かち合い、三人で歩いてきた。

「……それが、正常な形ではなかったのかもしれないけど」

それでも――きっと、俺は思ってたんだ。

「――もうちょっとだけ、このままで」

進みたいと。

進めなくちゃいけないと。

そう思いながら――でも、俺はこの場で留まりたいと……そうも思ってたんだ。

「……なさけねー……つうか、格好悪い話だけど」

「……まあ、否定はしないであげる。格好良さでいえば、今日の古川君の方が格好良かったと思うもん」

「……厳しいご意見、どうもありがとう。でもまあ……その通りだよな。秀明の方が大人だよ、俺より」

ため息、一つ。

「……なんで、智美は東桜女子に行かなかったのかな？」

「……」

「……秀明、言ってたよな？　『あの時の浩之さんの状況を聞くと』って。それってアレだよな？　俺が、落ち込んで誰とも喋らない様な生活を送っていたから……だから、俺の為に天英館、選んでくれたのかな？」

「……分からないわよ、そんなの」

「……だな」

「もしかしたら古川君が言う様に練習についていけないと鈴木さんが判断したかも知れない。貴方が言うように、貴方のことが心配だから傍にいてあげたいと思ったのかも知れない」

「……」

「……でも」

そこまで喋り、桐生は少しだけ言い淀む。その後、俺から視線を外しておずおずと口を開いた。

「……今から、ズルいことを言っても良いかしら？」

「……内容にもよるけど……いきなり怒り出すことはしないと思う」

「そう？　それじゃ……これは私の考えだけど」

きっと、貴方と一緒にいたかっただけじゃないの、と。

「……」

「無論、鈴木さんに聞かなければ分からないわよ？　厳しい練習が本当に嫌だったのかも知れないし、貴方のことが心配だったのかも知れない。でも……ううん、勿論その理由もあるんでしょうけど、そういう理由を全部ひっくるめて」

鈴木さんは——ただ、貴方と一緒にいたかったんじゃないかしら？　と。

「……」

「あなた方三人はいつでも一緒の幼馴染だし……一人だけ離れ離れになるのはイヤだったと、

そうは考えられないかしら？」

「……そんなの」

そんなの、分からない。

「ええ、分からないわ。でもね？　きっと、私ならそう思うもの」

――貴方と、離れたくない、と。

「……智美の気持ちになれば、ってこと？」

「いいえ。桐生彩音の本心よ。貴方が何処かに行ってしまうのは、とても……とても寂しいもの」

「……」

「だから……私よりも、ずっと付き合いの長い鈴木さんはそう思っても不思議ではないわ。貴方はそう思わない？」

「……」

「私はそう思う。だから――」

――別に、貴方のせいじゃない。

「貴方は悪くないわよ」

「……慰めてくれてるのか？」

「いいえ。言ったでしょ？　『ズルいこと』を言うって」

「……何処が？」

「だって私、今弱っている貴方に対して『貴方は悪くないわ、私は貴方の味方よ』って言ってるのよ？　喩えはアレだけど……フラれた異性に優しくして好きになってもらうのと手口は一緒じゃない」

「……手口って。それ、バカ正直に言う？　黙っとけばよくねえ？」

「言うわよ。だって貴方は私のことを『優しい』と勘違いしそうだもの」

「ダメなのか？」

「ダメよ。私は優しいワケじゃないもの。欲望のまま、貴方に優しくしてるだけだから。勘違いされたまま、幻滅されるのも御免だしね？」

そう言ってにっこりと微笑む桐生。

「賽は投げられた、という言葉があるわ。既に盤上でサイコロは回っているの。でもね、どんな目が出たとしてもそこから先、どういう行動をするかは貴方たち次第よ。願わくば、皆にとって最善の選択を選んでくれることを心から願っているわ」

「……」

「……まあ、少しばかり私に慮った対応をしてくれると嬉しいけど？　でも……その辺り、お任せするわ」

「……りょーかい」

微笑む桐生に苦笑を返し。

「――頑張ってみるよ。上手く、進める様に」

「……なあ？　なんで俺、お前に放課後呼び出し受けてんの？」

「昨日の夜、秀明から電話があったんですよ。『浩之さんに言ってきた。俺、智美さんに告白するから。お前も頑張れよ！』って。んでまあ、どういうことかちょっと事情を聞いておこうかと思いまして。バカだバカだとは思ってたんですけど、竹やりでヒコーキ落とそうとする勝算のない賭けするほど、バカなヤツじゃないはずですし、アイツ。なら、なにかしらお三人の関係に変化でもあったのかと思いまして」

　不満そうにそう言って、つま先でカンカンと屋上の床を踏んでみせる瑞穂。昼休みはにぎわうことの多い屋上だが、放課後の今の時間は人っ子一人おらずに閑散としている。そんな屋上で、『私、不満です』を隠そうともしないその態度に、俺――と、隣にいる涼子は困った顔を浮かべる。

「み、瑞穂ちゃん？　怒ってる？」

「怒ってるっていうか……不機嫌ですね。そもそも、涼子先輩と智美先輩の喧嘩の原因が分かりませんし……茜は茜で煽ってるみたいだし、秀明のバカは猪突猛進してるしで、なんだか私だけ蚊帳の外みたいで……」

「か、蚊帳の外ってワケじゃないよ！　ねえ、浩之ちゃん？」

「まあ……敢えて喋る必要はないかな～とは思ってたけど」

智美と涼子は当事者、茜は俺の妹で、秀明は智美のことが好き……ってなると、皆ある程度関係が深いが、瑞穂に関してはそこまで関係があるわけじゃないし。

「……本気で言ってます、浩之先輩？　私、智美先輩のグチ、滅茶苦茶聞いてるんですけど？　正直、おはようからおやすみまで暮らしを見つめられているみたいでウザいんですけど？　理由も分からず、『そうですね～』って相槌打つのもそろそろ限界なんですけど？」

……滅茶苦茶関わりあったわ。ごめん、瑞穂。

「あー……まあ確かにお前が一番被害者かも知れんな。分かったよ。そんで？　お前は何が聞きたいんだ？」

「全部……と、言いたいところですけど、概ね二点ですね。一点はなんで智美先輩と涼子先輩が喧嘩しているのか。こっちは私の生活に支障が出始めてるので早急に解決して頂きたいです。可能なら、仲直りのサポートもしますし」

「……いや、あのな？　智美と涼子の喧嘩の原因は言っただろ？　犬と猫だよ」

犬と猫、どっちが好きかで喧嘩になったんだよ。どっちについても解決しようがないだろうが。そう思う俺に、瑞穂はとても冷たい視線を向けた。

「……バカなんですか、浩之先輩？　本気でそう思ってるのなら秀明並みのバカですよ」

「……秀明の扱いが酷い。っていうか、本気でって」

本気じゃねーの？　犬と猫の言い争いだろ、コレ？　そう思い涼子に視線を向けると苦笑を

浮かべてこちらを見ていた。なんだよ？

「んー……そだね。瑞穂ちゃん、正解。私も智美ちゃんも犬と猫ぐらいで絶交まではいかないかな～」

「……マジか」

「当たり前だよ～。それこそ十年以上の付き合いだよ、私と智美ちゃん。むしろそんなことで本気で喧嘩なんかしないよ～」

……いや、お前ら本気でパッキンアイスで喧嘩してたじゃん。え？　あれは幼いころだけなの？　今は大人になったの？　お前らが？　うっそだー。

「……あの日、智美ちゃんと一緒に帰ったんだ。それで、普通に仲直りしたんだけど……」

少しだけ言い淀む涼子。視線をちらりと俺に向ける。

「……なんだよ？」

「うーんっと……これって言っても良いのかな？　浩之ちゃんと……その……あの件」

「……あの件？」

「最近、私たちが一緒に登校していない理由」

「……ああ」

許嫁（いいなずけ）の件か？　桐生がどう言うかだが……でも、瑞穂だしな。秀明に『良い仲』って教えた茜のことだから、どっかで話が漏（も）れる可能性は全然あるし……そもそもコイツ、こう見えて結構口も堅いし。

「……瑞穂」

「はい？」

「お前、口は堅い方だよな？　秘密とか守れる方だよな？」

「誰にも知られたくないことは、喋（しゃべ）らないのが一番ですよ？　つい、ポロっと口から漏れる可能性もゼロじゃないですし。でもまあ、喋るなと言われれば喋らない自信はあります」

「だよな。それじゃ……良いぞ、涼子」

「？　なんです、一体？」

　頭に疑問符を浮かべる瑞穂。そんな瑞穂に一つ頷（うなず）き、涼子は言葉を継いだ。

「最近さ、浩之ちゃんと桐生さん、仲良いと思わない？」

「あー……そうですね。ちょくちょくお昼もご一緒させて頂きましたし、確かに仲が良いなって思って――」

　沈黙。後、顔を真っ青にする瑞穂。

「――って、ま、まさか、浩之先輩、桐生先輩とお付き合いしてたりするんですかっ！　え？　そんなの聞いてないんですけど!!」

「なんでわざわざお前に報告がいるんだよ。つうか、付き合ってねーし」

「報告いるに決まってるじゃないですか！　付き合ってるんだったら、私だって色々と戦略を変えて――って、え？　つ、付き合ってないんですか？」

「付き合ってはない」

「……『は』って、なんです、『は』って」

「あー……その、な？」

……どうしよう。いや、言うって決めたんだけど、いざ言おうとするとなんか若干(じゃっかん)恥ずかしい。そんな俺をちらりと横目で見て、涼子が口を開いた。

「許嫁なんだよ、浩之ちゃんと桐生さん」

「……」

「……」

「……へ？」

「だから、許嫁なんだよね～。浩之ちゃんと桐生さん」

「ちょ、え、は？　い、許嫁？　い、いいなずけぇ──────!!」

「バカ！　声がでけーよ！　誰かに聞かれたらどうするんだよ!!」

「す、すみません！　で、でも……え、ええ……」

しばし茫然(ぼうぜん)とした様子で中空を見つめる瑞穂。待つことしばし、ようやく意識を取り戻したか、視線を俺に向けた。

「……良ければ理由をお聞かせ願いますでしょうか？　私の知る限り、許嫁なんて浩之先輩の今までの生活で影も形もなかったと愚考(ぐこう)しますが」

「どんな喋り方だよ、それ。ホラ、俺の家って商売してるだろ？　あー……その縁でだな？　桐生の親父(おやじ)さんと俺の親父が知り合いで、歳(とし)も一緒だしって今に至る感じ」

借金云々は置いておこう。瑞穂だって茜の幼馴染だし、俺の親父にも当然会ったことがあるし……これ以上、親父の評判を貶めるのも可哀想だし。

「……ちなみにソレ、皆知ってるんですか？　秀明も？」

そう言ってジト目を向けてくる瑞穂。皆って……

「知ってるのは智美と涼子、それに茜だな。今のでお前も入ったけど」

「……うーん……まあ、その三人なら私が最後でも仕方ないですかね……でも！　そういうことは私にも教えてほしいです！　なんか仲間外れみたいで『や』です！」

「……悪かったよ」

でもいきなり、『許嫁出来ました～』って言いにくいんだよ。涼子と智美だってすげー驚いてたし。

「うー……まあ、言いにくいのはなんとなく分かりますが……まあ、その件については良いです」

そう言って瑞穂は視線を涼子に戻す。

「それで？　わざわざそれを言ったってことは喧嘩の原因に関係あるってことですよね？」

「そうだね。思いっきり喧嘩の原因に関係あるよ？」

「……ちなみに、どういった理由なんです？　お聞きしても良いですか？」

「うん。そもそもその話はしなくちゃいけないかな～と思ってたし」

そう言って、涼子は視線を俺、瑞穂の順に向けて。

「――いつまでも『三人』じゃいられないよ、って言ったんだよ？　智美ちゃんに。うかうかしてたら、桐生さんに浩之ちゃん、とられちゃうよ？　って……『私と智美ちゃん』と『浩之ちゃん』の二人と一人になるよ、ってね？」

「……それはまた、エラい爆弾放り込みましたね、涼子先輩」

「自分でもちょっとやり過ぎたかな～とは思ってる。でも……智美ちゃん、ずっと『ヒロユキがこのまま桐生さんと結婚したらどうしよう』ってうじうじ悩んでるから。ちょっと発破掛けなきゃいけないかな～って」

「……がっつり地雷だと思うんですが……」

「うん、私もそう思ったよ？　でもまあ、智美ちゃんなんて心の中、浩之ちゃん関連だったら地雷原みたいなモンだし。何処踏み込んでもボカンだよ」

「……幼馴染の扱いが酷くないです？」

「瑞穂ちゃんと茜ちゃんの秀明君に対する態度よりはましだよ」

そう言ってにっこり微笑み、涼子は視線を俺に向けた。

「……ま、そういうこと。智美ちゃんはそれに本気で怒ったんだよ。『なんでそんなこと言うの！』って『私はずっと三人でいたいのに！』って」

「……」

「……そんなの、無理なのにね～」

悲しそうな、諦めた様な表情で微笑む涼子。そんな涼子をちらりと見やり、瑞穂が口を開いた。

「……まあ、どっちかと言えば智美先輩の方が脳内お花畑だとは思っていましたが……涼子先輩、良く言いましたね、そんなこと」

「浩之ちゃんには言ったんだけど……私は別に良いんだよ。何年待っても、浩之ちゃんが答えを出してくれるなら。それが私の望む結果だろうが、望まない結果だろうが、浩之ちゃんの出した答えを受け入れる準備と……覚悟はあるんだ。でもね？　智美ちゃんはそんな浩之ちゃんの答えを認めないだろうから……先に釘を刺しておこうと思って」

視線を瑞穂に向ける。

「……瑞穂ちゃんは知ってるでしょ？　浩之ちゃんの心が智美ちゃんに傾いたこと」

「……まあ」

「あの時、『答え』を保留にしたのは智美ちゃんだよ？　それなのに、智美ちゃんが我儘（わがまま）を言うのは違うかなって」

「……」

「だからつい……言っちゃったんだよね～。『特に大事じゃないから保留にしたんじゃないの？　特に欲しくないけど、なくすのはイヤだから、手元においておきたかった程度の気持ちじゃないの？　それで、誰かにとられそうになったら、急に惜しくなるの？　そんなに大事なら、自分のものにしておけばよかったんじゃないの？　あれもイヤ、これもイヤって、それは違うんじゃないかな？』って」

「……辛辣過ぎませんかね？」

「若干、八つ当たりが入っていたのは否めないかな～。でもまあ、それぐらい言われてもおかしくはないよ、今の智美ちゃん。そして、それを言ってあげられるのって」

「……まあ、涼子先輩以外に適任はいないですよね。仲の良さなら浩之先輩もですけど……」

「浩之ちゃんの話だし、浩之ちゃんは口も出せないでしょ？」

「……まあ」

流石にその話題には口も出せん。

「だからまあ、智美ちゃんと大喧嘩になっちゃって。煽ったのは私だけど、『私は涼子のことを思って！』とか言うから……ちょっとカチンときちゃった」

「……一番言っちゃダメでしょ、智美先輩」

頭を押さえてやれやれと振ってみせる瑞穂。疲れた様にため息を吐いた後、彼女は顔を上げた。

「……喧嘩の原因は分かりました。そして、すみません。聞いておいてなんですけど、私じゃ手に負えません」

「謝らないでよ、瑞穂ちゃん。悪いのは私たちだし」

「そんな——いえ、ええ、そうですね。反省して下さい、涼子先輩。そして私の睡眠時間を返して下さい」

「ごめん、時を遡るのは無理。でもまあ、そろそろ潮時だろうし、ちょっと頭を下げてくるよ。

これ以上後輩に迷惑掛けるのもアレだしね」

「ぜひ、そうして下さい。主に、私たちの平和の為に」

『はーい』と返事をする涼子に一つ頷くと、瑞穂は視線をこちらに向けた。

「喧嘩の原因は分かりました。それで？　もう一点、聞きたいことなんですが……っていうか、まあ殆ど理由は想像つくんですけど……秀明が智美さんに告白するって言ったのって、理由は桐生先輩ですよね？」

「……そうだな。茜が秀明に言ったらしい。俺に『良い人』がいるって」

「……茜……でもまあ、分かりました。そうしたら動きますよね、秀明も」

得心いった様にうんうんと頷く瑞穂。

「……なあ。ちなみにお前、知ってたのか？」

「何をです？」

「秀明が智美のこと好きって」

「知らなかったのは智美先輩と浩之先輩ぐらいですよ。ねえ、涼子先輩？」

「そうだね～。まあ、私は直接聞いたワケじゃないから『そうかな』ぐらいだけど……まあ、びっくりすることではないかな？」

「……マジか」

全然気付かなかった。鈍いのか、俺？

「……別に秀明を褒めてあげるつもりはさらさらないですけど、アイツ、上手く隠してましたから」

「それは……」

「まあ、辛い恋だと思いますよ？　でも……アイツ、三人で笑ってる姿見るのも好きだって言ってましたから。それだけで満足してたのに、ポッと出の許嫁なんか出てきた日にはふざけるな！　って思ったと思います。まあ、秀明も秀明で半分、八つ当たりみたいなモンでしょうけど」

「……」

「まあ、そんなことはどうでも良いですよ。それより！　色々と分かりましたので今日は実りのある一日でしたね」

少しだけ晴れやかな表情を見せる瑞穂。そんな瑞穂に、俺は頭を下げる。

「……色々迷惑掛けたな、瑞穂。すまん」

返答はない。不審に思い顔を上げた俺の視線の先に、呆れた様な表情を浮かべる瑞穂の顔があった。なんだよ？

「……そういうところですよ、浩之先輩」

「なにが？」

「だから……あのですね？　今、この話を聞いて私は浩之先輩は悪くないと思ってます。だって、そうでしょ？　喧嘩したのは智美先輩と涼子先輩、そもそも智美先輩を煽ったのは涼子先輩、私に愚痴を言って睡眠時間を削ってくれやがったのは智美先輩、浩之先輩に宣戦布告して喧嘩売ってきたのはバカ秀明、それを煽ったのは茜」

「……」

「そもそも論で言えば……なんでこんな拗れてるかって言えば中学時代に関係性を『保留』にした、智美先輩のせいですし……今回だってそうでしょ？　許嫁が出来たのだって、浩之先輩のせいじゃない」

　ね？　と。

「浩之先輩、ぜんぜん悪くないんですよ？　謝る必要なんて、微塵もないくらい」

「……」

「でも、それでも、浩之先輩は謝るんです。『ごめんな』って。その言葉の裏にあるのはなんですか？　『俺の幼馴染が迷惑掛けてごめんな』でしょ？　まあ、茜とか秀明とかも含めてなんでしょうけど……浩之先輩は全然、悪くないんですから、もっと堂々としていれば良いんですよ。関係のないことにまで、頭を下げる必要はないんですよ」

「……」

「……そこが浩之先輩の良いところだと思いますけどね。一度、自分の懐に入れたら徹底的に甘やかすの。私も含めて皆それに助けられていますし……でもまあ、そろそろそれもお終いにする時が来たんじゃないですかね？」

「……かもな」

「ま、私が口を出すことじゃないですけどね？　その辺りは任せますけど……上手く着地できるよう、期待しています！」

「……分かった。善処する」

「それでこそ、浩之先輩です！」

そう言って、瑞穂は優しい笑顔を浮かべてみせた。

「あれ？　浩之？　なにしてんだよ、お前」

屋上から降り、自分の教室にカバンを取りに帰る俺に掛かる声があった。

「藤田？」

「おう。お前、もう帰ったのかと思ったぞ？　ホームルーム終わったらそそくさと教室出ていくし」

「カバン、おいてあっただろが？」

「置き勉かと思った」

「随分ダイナミックな置き勉だな、おい」

カバンごとって。流石に俺だってカバンぐらいは持って帰るぞ？　弁当箱入ってるし。

「冗談だよ。カバンには全然気が付かなかっただけだよ。んで？　なにしてたんだよ？」

「あー……まあ、ちょっとな？」

「……」

「……なんだよ？」

「ま、まさか……告白……とか？」

「ちげーよ」

むしろ真逆に近いかも知れん。後輩に詰められるなんて。

「そ、そっか。俺を置いてお前、一足先に大人の階段登ったのかと思ったぜ」

「付き合ったぐらいで大人の階段かよ」

「バカ、お前、付き合うってことはその後のことがあるだろうが！　何とは言わんが、ナニが！」

「……お前、最低なこと言ってんぞ？」

まあ男子高校生なら仕方のないところもあるが。

「っていうか藤田、お前は何してたんだよ？」

コイツ、帰宅部だったはずだろ？　なんでまだいるんだよ？

「俺はお前、ちょっと用事があってな？」

「ラブなヤツ？」

「補習的なヤツ。補習は時間ないからって大量のプリント渡された。期限、来週末らしい……絶対、終わらん……」

哀愁（あいしゅう）漂う目でそう言って窓の外を見やる藤田。ふ、不憫（ふびん）な。

「……ご愁傷様（しゅうしょうさま）。まあ、それじゃ早く帰って勉強しろよ？」

「いや、流石に俺もこってり絞られた今から勉強はちょっとしんどい。だからな、浩之！　遊んで帰ろうぜ！」

「いや、遊んでていいのかよ？」

すげー量のプリント出されたんだろ？　遊んでる場合じゃないんじゃねーか？

「遊んでる場合じゃねーよ？　でも、遊ぼうぜ！」

「……ある意味、清々しいな、おい」

一周回って斬新だな、おい。

「……分かったよ。付き合おう」

……まあ、正直俺も今はあんまり直ぐに家に帰りたい気分ではないし、気分転換には丁度良いかも知れん。こないだ飯……っつうか、ワクドには食いに行ったけど、色々あって藤田と遊んでないしな。

「よっし！　流石、浩之！　んじゃどこ行く？　カラオケ？　ゲーセン？」

「そうだな……カラオケはこないだ行ったばかりだし、ゲーセンとかどうだ？」

「うし！　ゲーセンだな？　んじゃ行こうぜ！」

カバンを手に取り、嬉しそうに俺の肩に腕を回す藤田。やめろ、暑苦しい。

「やめろ。暑苦しいし、気持ち悪い」

「ひど！　ま、いいじゃん！　それじゃ駅前のゲーセンで良いか？　最近はまってる格ゲーあってさ！　ちょっと練習がてら付き合ってくれよ！」

「はいはい。あんまり長時間プレーは勘弁な？」

「だいじょーぶ！　流石に俺も遅くまでは連れ回さんさ！　それじゃ行くか！」

意気揚々（いきようよう）とそう言って教室を後にする藤田に続き、俺もその背中を追う。たどり着いた駅前のゲーセンは放課後の時間帯ということもありなかなか盛況だった。まあ、このゲーセン、格ゲーや音ゲーもあるけど基本はプリクラとかクレーンゲームメインだしな。

「んで？　お前がはまってる格ゲーってのはどれだ？」

「アレだよ、アレ！　『オーランド・ストーリー』！　知ってるか？」

「いや、知らんけど……」

「元々、パソコンのゲームだったんだが人気に火が付いてな？　そんで、家庭用に移植されてついには格ゲーにまでなったんだよ！　俺、パソコンゲーム時代からのファンでな！」

「……待て。パソコンゲームって……まさか」

「お前の想像通りだ、浩之」

「……どうやって買ったんだよ、それ」

アレだろ？　十八歳未満お断りのヤツだろ、それ？

「ま、色々とルートがあるんだよ。お前だってパソコンぐらいあんだろ？　やってみたかったら貸すけど？」

「……」

正直に言おう。ちょっと、興味はある。だって、男の子だし。興味はあるけど……お前、今俺、桐生と二人暮らしだぞ？　もしバレた日には……

「……いや、良い。遠慮しておく」

「ま、お前は賀茂や鈴木っていう美少女幼馴染がいるもんな～。別に三次元に逃避しなくても既に実生活がギャルゲーみたいなモンだよな」

「……そういうわけじゃないけど」

いや、今その幼馴染関係で結構なハードモードなんですけど。ギャルゲーってこんな感じの展開ばっかなの？　なんだよ、それ、めっちゃクソゲーじゃん。

「興味が出たら言えよ？　いつでも貸してやるから」

そう言って親指をぐっと上げる藤田。そんな日が来ることは……あると、良いな。興味あるし。

「それじゃ、『オーランド・ストーリー』は……っと。一杯だな」

「人気なのか？」

「パソゲー時代からのファンも多い作品だしな。此処まで混むのは珍しいが……」

「どうする？」

「んー……ちょっとだけ待っても良いか？　もしアレなら帰っても良いけど……」

「……んな気回さなくても良いよ。あんまり遅い時間は無理だけど、少しぐらいは待つから」

「そうか？　わりぃな」

「気にすんな。んで、どーする？　レースゲームでもするか？」

「あー……いや、俺、此処で待ってるわ。良いか？」

「ああ。それじゃ俺、ちょっとその辺見て回ってくる」

「そっか？　それじゃ悪いけど……空いたら携帯鳴らすから、対戦プレーしようぜ！」

「おっけー。それじゃちょっと行ってくる」

「あいよ」

　藤田にひらひらと手を振って、俺はゲーセンの中を歩く。格ゲー、音ゲー、スロット、パチンコ、メダルゲームのコーナーを順繰りに見て回り。

「あれ？」

　目の前にあったクレーンゲーム、そのプライズ品に目が留まる。

「……ははは。懐かしいな。なに？　こんなのあんの？」

　クレーンゲームの中にあったプライズ品は、俺が小学生の頃に智美と涼子に付き合わされて見てたアニメ、『魔法少女クレヨン巫女ちゃん』の主人公のぬいぐるみだった。

「いや、でもアレ、十年ぐらい前のアニメだぞ？　今更、ぬいぐるみで出るのか？　もしかしてよく似てるけど違うキャラ、とか？」

　俺もさほど熱心に見てたわけじゃないし、考え違いか？　そう思い、クレーンゲームに張り付き、じっくりとぬいぐるみを観察する。んん……よく似てる気がするんだが……

「……うわー。男子高校生がちっちゃい女の子向けのアニメのぬいぐるみ見てる～。あれって、『大きなお友達』ってヤツ～？」

と、唐突に後から声が掛かる。その声に慌てて振り返ると。

「よ、ヒロユキ。何してんの、こんなところで？」

智美の姿がそこにあった。

「……智美？」

「やっほー。智美ちゃんでーす。何してんの？　こんなところで？　もしかしてガチでミコちゃんのぬいぐるみ欲しかったりする？」

「んなワケあるか。っていうかなんであのぬいぐるみ未だに置いてるんだ？　なんだ？　リバイバルとかしたの？」

「ミコちゃん？　あー……リバイバルってワケじゃないけど、ミコちゃんってシリーズ化してるからさ？」

「……そうなの？」

ミコちゃんって一作だけかと思ったんだけど。

「違うよ。一緒に見てたでしょ？　『魔法少女クレヨン巫女ちゃん』と『魔法少女クレヨン巫女ちゃんプラス』、『魔法少女クレヨン巫女ちゃんスーパー』を」

「……全部一緒なんだと思ってたんだが」

「キャラ違ったじゃん。略称は皆『ミコちゃん』だったけど」

「……」

全然気付かなかった。みんな同じだと思ってたが……そうなの？

「それで今年、過去の『ミコちゃん』が一堂に会した映画が公開されるのよね。『クレヨン巫女ちゃん・オールスター大集合！』ってタイトルの」

「……詳しいな。まさかまだ見てるのか？」

「ネットのニュース記事に上がってたからね～。ちょっと興味があるから見てただけだよ。そういうのあるでしょ？」

確かに。俺だって某仮面のバイク乗りの特撮で『過去のライダー大集合！』とか書かれたら『お？』とは思うしな。

「……お前、好きだったもんな、このアニメ。三人で遊んでても、このアニメの始まる時間になると絶対家に帰ってたもんな」

懐かしい。俺とバスケ勝負してても、この時間になると『勝負はお預けよ！』ってまるで悪役みたいな台詞残して帰っていってたもんな。

「いや、お恥ずかしいね～。でもまあ、それぐらい好きだったんだよ、このアニメ。凄く前向きになれるしさ～。実はちょっと映画も見に行きたいな～って思ってる。行く？」

「別に趣味を否定するつもりはないが、流石に俺が行くのはちょっと恥ずかしい」

「まあね。私もちょっと恥ずかしいし……ＤＶＤになるの待ってレンタルしよっかな。その時はヒロユキも見に来てよ。一緒に上映会、しようぜ～」

そう言ってにこやかに笑う智美。と、同時に俺の携帯が鳴った。藤田からだ。

「わりぃ、智美。電話」

「電話？　誰？」

「藤田」

「藤田？　なに？　一緒に来てるの？」

「ああ」

　断りを入れて電話に出ると、藤田の泣きそうな声が耳元に響く。

『浩之、すまん。今日はちょっと無理かも知れん』

「マジか？」

『俺の前の前の人のプレー、めっちゃ神懸(かみが)かってるんだよ！　アレ、きっとクリアまでいくだろうし、時間がめっちゃ掛かりそう。どうする？　帰るか？』

「あー……お前は？」

『お前が帰るんだったら俺も帰るけど……正直、ちょっと見てみたい気はしてる。なんか動画とかで見る様な技してるし』

「いいぞ、別に。折角(せっかく)だし見とけよ。俺、帰るから」

『……いいのか？　俺から誘ったのに』

「なに気にすんな」

『……わりぃ。今度、なんかで埋め合わせするから！』

「はいよ」

　申し訳なさそうな藤田にもう一度『気にするな』と言って電話を切る。と、智美が興味津々(きょうみしんしん)

と言わんばかりの顔をこちらに向けてきた。

「藤田、なんて？」

「一緒にゲーセン来たけど、好きなゲームですげープレーしてる人がいるから見ておきたいってさ」

「ふーん。じゃあヒロユキ、暇なの？」

「そうだな。まあ、暇にはなったかな」

「それじゃさ？　ちょっと付き合ってよ！　今日は部活休みだし、ちょっと暇だったんだよね、私も！　この先に公園あるじゃん？　あそこでバスケしようぜ！」

「バスケって……制服でか？」

「そうだよ！　あ、この私のミニスカートがめくれ上がるんじゃないかって心配してる？」

「いや、別に心配はしてない。どうせジャージかなんか持ってきてるんだろ？」

「まあね。んで、どう？　ちょっと付き合ってよ！　いいじゃん！　瑞穂にはいっつも付き合ってるって聞いてるしさ～。たまには私にも付き合ってくれても罰は当たらないよ～！」

「そりゃまあ、構わんが……」

まあ、暇といえば暇だからな。

「……んじゃ、行くか」

「うん！」

智美に連れられてきたのは駅から路地一本入ったところにある小さな公園。この辺でゴールのある場所は此処しかないので、俺もそこそこ利用させてもらっていた公園だ。簡単なシュート練習やワン・オン・ワンを何度か繰り返し、勝った負けたで一喜一憂していた。

「くそー！　流石にヒロユキにはちょっと勝てないかな……」

「んなことねーだろ？」

「ううん、やっぱりヒロユキ、上手いもん。ガードのくせにしっかり点も取ってくるし、外からもガンガン打ってくるでしょ？　試合では面倒くさいタイプだよね～。1番は1番らしく、パス回してりゃ良いのに！」

「ガードに対する酷い偏見を見た」

ちなみに1番はバスケでいうところの『ポイントガード』のことだ。まあ、どっちかって言うとポイントガードはパスを回す司令塔の感じが強いのは確かだが、最近はそうでもないぞ？

「NBAとかだったらガンガンシュート打ってくるガードだっているだろ？」

「そうだけどさ～。なーんかイメージ的にヒロユキはパス回すタイプのガードなんだよね。結構、気を遣うタイプだし？」

「……関係あるの？　気を遣うタイプとポイントガードって」

「あるでしょ、そりゃ。俺様系のポイントガードは自分で点を取りにいくけど、周りに合せられるポイントガードはパス回し主体になりがちだもん」

「……そうとばっかりも言えん気はするが……まあ、一理あるかもな。でも、俺の場合は別に周りに合せてるワケじゃねーぞ？　単純に、自分がチビだからパス回し主体になるってだけで」

「そういうのを合わせてるっていうと思うんだけど……ま、良いや。難しい話は」

そう言ってバッグからペットボトルを取り出して口をつけ、美味しそうにスポーツドリンクを飲む智美。くそ、自分だけ飲みやがって。

「……？　あ、ああ、ごめん！　自分だけ飲んじゃった！」

「恨めしいぞ、こん畜生」

「ごめんって！」

「いいさ、別に。この辺、自動販売機あったかな？」

「ええっと……道路隔てであっち側にあるけど。いいよ」

「なにが？」

「これ、分けてあげる。私はもう大丈夫だから、全部飲んで良いよ」

そう言ってキャップを閉めて、ポーンとこちらにペットボトルを放る智美。落とさない様に慌ててキャッチしたそのペットボトルをマジマジと見つめてしまう。

「いや……飲んで良いよって」

「ん？　それ、嫌いだったっけ？」

「いや、嫌いじゃない。嫌いじゃないけど」

……これ、さっきまでお前が口付けて飲んでたヤツだろ？

「？　なに？　どったの？」

「いや、どったのって……良いよ、やっぱり俺、買ってくるから」

「勿体ないじゃん！　なに？　なんで飲まないの？　喉渇いてるんでしょ？」

「いや、渇いてるけどさ」

「変なヒロユキ……あ！　もしかして、ヒロユキ、『間接キス』とか気にしてるの？」

「……そら気にするだろ」

「今更じゃん、そんなの。今までだって回し飲みなんてやってたしさ？」

「……まあ、そうだけど」

そうだけど。

「……お互い良い大人だしな。こういうの、そろそろやめようぜ？」

そう、『だった』けど。

「……」

「……ホレ。男女でこういうの、あんまり良くないだろ？　仲良しの幼馴染でも、そういった線引きは――」

「――涼子と、同じことを言うんだね、ヒロユキ」

「――智美？」

「……大人にならなくちゃって。いつまでも子供でいられないよって。きちんと線引きしないとダメだよって……ヒロユキもそんなことを言うの？」

「……智美」

「……皆、言うんだ。涼子も、茜も、瑞穂も。ずっと『仲良し』ではいられないよって。いつか別れる日が来るよって。でもさ？　それって今すぐ迎えなくちゃいけないことなのかな？　まだ、私たち、高校生だよ？　高校生って、まだまだ『子供』じゃないのかな？」

泣きそうな顔で、こちらを見つめる智美。

「……じゃあ、いつなら良いんだよ？　大学生か？　社会人か？」

「……分かんない」

「分かんないって」

「だって、分かんないんだもん！　なんで？　なんで皆、そんなに速足で進めようとするの？　もっとゆっくりでいいじゃん！　別に焦って『大人』になろうとしなくても良いじゃん！　子供でいられることを許してもらってる時間があるなら、子供のままでいようよ！　子供のままでいさせてよ！」

瞳に、いっぱいの涙を湛えて。

「——貴方たちと離れるのが大人になるということなら、私は大人になんか、なりたくない」

「……」

「……」

それは無理だ、と思う。だって、俺たちはいつか大人になっていく。そうして、いつか離れ離れになっていくんだ。勿論、『幼馴染』としての枠組みは続いていくだろう。それでも――いつかはきっと、離れていかなくちゃいけない。

「……いつまでもは、無理だろ」

「……まあね。確かに、いつまでもは無理かも知れないよ？　でもね、それは『今』じゃないといけないの？　もうちょっと後でも良いんじゃないの？」

「……だから、後っていつだよ？　いつになったらお前は納得するんだよ」

「それは……考えてないけど」

「……お前な？」

「で、でも！　私はもうちょっと、三人でいたいの。ヒロユキがいて、涼子がいて、私がいる、そんな生活をしたいの！　それってそんなにダメなことを言っているのかな？　私、そんなに間違ったことを言っているのかな？」

「……」

間違っている、とは言い切れない。言い切れないが。

「でも……いつまでもってワケにはいかないだろ？」

「そうだね。確かにヒロユキの言う通りだよ。言う通りだけど」

堂々巡りな話の流れにため息が漏れる。そんな俺に、智美は不満そうなまなざしを向けてきた。

「……っていうかさ？　今までだって……ずっと、三人で過ごしてきたじゃん。なんで急にヒロユキはそんなこと言うのさ？」

「……それは」

「それこそ、ペットボトルの回し飲みなんて、本当についこないだまでしてたじゃん。なのに、なんで今日はそんなこと言うの？」

「そりゃ……」

なんでって……

「……誰かに何かを言われたの？　涼子？　瑞穂？　茜？　それとも――」

――桐生さん？　と。

「……しいて言うなら、全員、かな？」

「……ふーん」

そう言って、詰まらなそうにそっぽを向く智美。

「……涼子も同じこと、言ってたよ。『いつまでも一緒にはいられない』って。うん、分かるよ。確かに皆の言っていることも理解出来るよ。だから……涼子がそこから動き出したいと言うのなら……寂しいけど、受け入れるよ」

でも、と、俺に視線を向けて。

「――私たちがどうしたいか、ってさ？　私が決めることじゃないの？　ううん、私とヒロユキ、二人が決めることじゃないの？　少なくとも私には、誰かに言われて納得できるものじゃないし、するものでもないと思ってる。いつまで一緒にいられるかってことは――私たちの気持ちが大事じゃないの？　そんなことまで、誰かに強制されて、矯正されなくちゃいけないの？　涼子がなに？　瑞穂がなに？　茜がなに？　桐生さんがなに？　そんな、『誰か』の気持ちなんて、悪いけど知ったこっちゃない。私にとって大事なのは、『私』の気持ちだもん。だから――」

少しだけ、言い淀み。

「……あの時、ヒロユキに我慢させた」

「……」

「……正直に、言うね？　私はヒロユキのことが好き。あの時から――ううん、ずっと前から、ヒロユキのことが男の子として好き。付き合いたいって、そうも思っていたし……今でも、思ってる」

でも、と。

「……涼子はどうなるのよ？」

「……」

「私と貴方が『二人』になったら、涼子はどうなるの？　ヒロユキ、知ってる？　ううん、覚えてる？　私たちがバスケを始めたとき、涼子がどれほど寂しそうだったか。どれほど悲しそうだったか。どれほど――」

辛そうだったか、と。

「……あんな涼子、見たくない。私はヒロユキのことも好きだけど……涼子のことも、大好きだから。だって――私たちは、いつも『三人』の幼馴染だったから。だから、あの時私は『ああ』言ったの。それが、とてもズルい行為だと、そう思いながら」

そう言って、少しだけ拗ねたような目をして。

「でもね？　私もズルいけど……ヒロユキもズルいよ。ヒロユキ、一度は『良し』としたんじゃないの？　私が、『三人の関係を続けたい』って言った時に……」

貴方は、それを『認めて』くれたんじゃないの、と。

「……」

「……だから……思い留まって、くれたんじゃないの……？」

「それ……は……」

まるで、ハンマーで頭を殴られた様な衝撃を受ける。確かに、俺はあの時、智美の言葉を受け入れて、『告白』を諦めた。それは、智美からしてみれば――

「……認めたって……ことか？」

「……私は嬉しかったんだよ、ヒロユキ？　きっと、壊れてしまうと思っていたのに……私の想いを、ヒロユキが受け入れてくれたと思ったから……凄く、凄く嬉しかった。涼子にも、そう。私の想いを尊重してくれたのが……凄く、凄く嬉しかった。このまま、三人で高校でも楽しくやっていけるって」

ううん、と首を横に振り。

「――三人で、楽しくやっていっても『良い』、って、許可してくれたんだと思ったのに」

「……」

「……」

「だから……東桜女子を蹴ったのか？」

俺の言葉に少しだけ驚いた様な表情を形作る智美。

「……知ってたの？」

「……まあな」

「そっか……」

「……俺のことを心配してかと……思ったけど」

「……それもゼロではないかな？　でもね？　ヒロユキのことよりももっと、もっと、ただの私の我儘だよ。ヒロユキも涼子もいない高校生活なんて、私は全然楽しくないもん。だから、自分の意志で東桜女子を蹴ったんだよ、私は」

――この関係はきっと、私の『宝物』だから、と。

「……折角守れた関係性を……手放すなんて、考えられなかったから」

「……」

「だからもし、ヒロユキが責任を感じているのなら、それは違う。東桜女子を選ばなかったその選択をしたのは私だし、これは私の責任だから。勝手に私の責任、奪わないで」

「……分かった」

「うん」

「……」

「……」

「……ねえ？　私の言っていることって……そんなに間違っているのかな？　誰からも否定されなくちゃいけない程、間違ったことを言っているのかな？　私だけが責められなくちゃいけない程に……ちがうの、かな？」

「……いいや」

　そうだ。確かに、智美の言っていることは間違ってはいない。智美が『子供の頃のままの関係を続けたい』というのが我儘だとするならば、俺や涼子が『大人になる』ことを選択するのも、また俺たちの我儘だから。

「……私は今まで通りの関係を続けたい。少なくとも、関係性を変えるのは今じゃない。これからも、もうちょっとだけでも……皆で笑って暮らせていけるなら、それが一番幸せだと思う。せっかく守った『幼馴染』という関係を――ヒロユキと恋人同士という関係を捨ててまで、守ったこの関係を、叶うならもう少しだけでも続けたい」

「……」

「……勿論、ヒロユキの言っていることも分かる。大人にならなきゃいけないってのも、理解は出来る。でもさ？　それがヒロユキの本心じゃなくて、他の人に……言い方は悪いけど、唆されて出した結論なら、私は納得なんていかない」

　少しだけ考え込む様に目を伏せて。

「……貴方がこの関係を清算して、前に進みたいと言うのなら……私は、その意見を尊重する。勿論、完全に受け入れることなんて出来ないし、我儘も……たぶん、言うと思う。それでも私はヒロユキ、貴方の意見を否定はしない。今のままで続けられないのなら……私も、前に進む覚悟を決める」

　だから、と。

「――自分の言葉で私に教えてよ、ヒロユキ。他の誰でもない、ヒロユキ自身の言葉で私に教えてよ。私はヒロユキと一緒にいたい。叶うなら、今まで通り、ずっと一緒にいたい」

　伏せていた目を上げ、俺を見つめて。

「――貴方はどうしたいの、ヒロユキ？」

第六章　未来は僕らの手の中

「おかえ――ちょっと！　どうしたのよ、貴方！　酷い顔してるわよ！」

「……酷い顔は生まれつきだよ」

「そ、そういう意味じゃ……じゃなくて！　顔色悪いわよ！　どうしたのよ、一体！」

何処をどう歩いて帰ってきたか――それ以前、どうやって智美と別れたかも正直、あんまり覚えていない。それでもどうにかこうにか家に帰りつくと、迎えてくれた桐生が驚いた顔で俺に駆け寄ってくる。ははは。そんな凄い顔してるか、俺？

「……取り敢えず上がったら？　何があったか知らないけど、本当に辛そうな顔してるし」

「……分かった」

靴を脱ぎ、家に上がる。リビングのソファに腰を降ろすと、桐生が淹れてくれた温かいコーヒーが目の前に供された。

「……どうぞ」

「……ありがとう」

「それで？　なにがあったの？　喋りたくないなら良いけど……喋った方が気が楽になること

もあるわよ？」

「……」

「東九条君？」

「……お前に喋るのは……なんか、悪い気がする」

「……誰に？」

「お前に」

「……気にしなくて良いわよ」

そう言って優しく笑む桐生。その姿に、少しだけ強張っていた肩から力が抜けた気がする。

「……なんだろうな」

本当に、なんだろう。

「……俺、智美と涼子も大事なんだよ」

「……ええ」

「特に智美は……いつだって俺の傍にいた。いて、くれていた」

涼子が傍にいなかった、というわけではない。でもアイツは、大人で、ある程度の距離をはかって俺と接していたから。俺がバスケを止めた時も、心配はしてくれたけど、甘やかしてはくれなかった。俺が、立ち上がるのを待っていてくれた。

「……」

でも——智美は違う。

辛い時。

悲しい時。

嬉しい時。

いつでも智美は、俺の傍にいてくれた。

「……今日、智美と会ったんだ」

「……ええ」

「久しぶりに智美とバスケして、勝った負けたと騒いで。それが……それが、凄く楽しくてな？　なんだろう？　最近、色々あったけど……全部忘れるぐらい、楽しくてな」

そう。

俺はきっと、楽しかったんだ。

「──智美に言われたんだよ。『ずっと貴方といたい』って」

「……告白？」

「いや……たぶん、違う」

あれは……きっと、今まで通りの生活をしたいっていう意思表示だからな。

「……それを言われて……そんなのは違うって、返答しなければいけなかったのに。前に進もうって言わなくちゃいけなかったはずなのに」

それが、言えなかった。

「──俺自身、こんな『ぬるま湯』な関係が……心地よいって思ったから」

智美の為でもなく。

涼子の為でもなく。

ただ、自分の為に。ただ、自分自身の為だけに。

「……俺、言えなかったんだよ」

智美が子供なんだって、ずっと思ってた。ずっと一緒にいたいなんて、そんなの子供の我儘だって、そう思っていた。

「……違ったんだよ」

「違った？　なにが？」

「……この関係性を……依存し、依存される関係を作ったのは――いいや、壊すチャンスがあったのに、それをみすみす見逃していたのは」

その『犯人』は智美ではなく。

「――一番悪いのは……俺だ」

この『ぬるま湯』を肯定して、続けてきて、誰よりもこの関係性を望んでいたのは――きっと、俺だ。

懺悔するようにそう告げる。そんな俺の言葉を最後まで聞いて、桐生は小さく息を吐いた。

「……そう」

「……最初に、この関係を……『ぬるま湯』を肯定したのは俺だ。あの時、俺に少しでも勇気があれば……違った関係を築けたかも知れないのに」

それがどういった関係だったかは分からない。

告白して、フラれる未来か。

二人で並んで歩める未来か。

告白して、智美と付き合う未来か。

バラバラに進む未来か。

「……どうなったかは分からないけど……俺たちにはいくつもの未来があって、それを選ぶチャンスがあった。俺は、そのチャンスを逸し、そして、この関係を受け入れた。それは間違いのない事実で、真実だ」

「……」

「もし……俺があの時に、きちんと『答え』を出していたなら」

きっと、俺たちは前に進めたんだと思う。

「……」

「……」

「……はぁ」

俺の言葉に、深い深いため息を吐く桐生。なんだよ？　少しだけ視線に険しいモノが混じったのを感じたのか、桐生は小さく肩を竦めて。

「……なにを言い出すかと思えば……馬鹿らしい」

「ば、馬鹿らしい!?」

お前、俺、結構真剣に悩んでるんだけど。そんな俺の視線に、やれやれとばかりに首を左右に振って桐生は言葉を継いだ。

「――私、友達いないのよね」

「自虐ネタぶっこんでくるの!?」

　今いるか、その話!?

「黙って聞きなさい。私は友達がいない。それはつまり、人間関係での経験値が少ないということよ。だから、貴方たちの関係性について意見を言うつもりはなかったのよ。的外れかもしれないし、『それは違う』って否定されるのもイヤだったからね」

「否定って……」

　いや、でも、そうか。桐生に上から目線であれこれ言われれば、反発を覚えた可能性はゼロじゃない。

「……そう言えばお前、相槌打つだけだったもんな」

　思い返せばコイツ、俺らの関係に一度も口を挟んでこなかったな。せいぜい、『サイコロ投げられたから頑張れよ』ぐらいのモンか。

「第三者だもの、私。貴方たちは仲良し幼馴染だし……きっと普通の友情関係よりも深い絆みたいなものがあるのでしょう？」

「……まあな。だからこそ、俺は間違えたワケだが」

「それよ」

「……どれだよ」

俺の言葉に桐生は首を傾げて。

「——貴方の言う『幼馴染』って関係は、一回間違っただけで、もうダメになる関係性なの？」

「……それ……は」

「貴方は、過去に一度間違えたのかもしれない。まあ、個人的には別に居心地の良い関係性を否定しなかっただけの貴方が間違ったワケじゃないと思うけど……まあ、私の意見は良いわ。仮に貴方がその答えを間違っていたとしても」

もう一回、答えを探せば良いんじゃないの？　と。

「……」

「別に貴方、明日死ぬワケじゃないんでしょ？」

「縁起でもないこと言うな。俺だってまだ死にたくない」

「私も貴方には死んでほしくないわ。でも、だったら別に良いじゃない？　だって私たち、まだ高校生よ？　時間なんて沢山あるんだもの。間違っても、正しくなくても、それで良いじゃない。間違いに気付いたのなら、そこを是正し、正しい答えを導き出せば良いじゃない。それすら許されない関係なの、『幼馴染』って？　だとしたらちょっとした恐怖よ、それ。一回も間違えちゃいけない人間関係なんて、呪いみたいなものじゃない」

「……そんなことは……ない」

「でしょ？　幸い、賀茂さんも鈴木さんも貴方が新たな答えを出すことを否定していないんでしょ？」

「……たぶん」

俺の言葉に、桐生はにっこりと微笑んで。

「――じゃあ、良いじゃない。三人でゆっくり答えを探せば。焦らず、ゆっくりと。貴方たちが、最適だと思う解答を探せば良いんじゃないの？」

「……」

「……まあ、賀茂さんや鈴木さんの気持ちも分からないではないけどね。彼女たちもきっと、焦っているんだろうし」

「焦っている？」

「そりゃ、焦るでしょ。大好きな大好きな東九条君に」

そう言って、自身を指差す。

「こーんな可愛い許嫁が出来たんだもの」

「……自分で可愛いとか、言うな」

「あら？　可愛くないかしら？」

「……ノーコメントで、お願いします」

「ふふふ。ともかく、きっと皆焦っているんでしょう。私にも責任がないとは言わないけど……でも、だからといって早急に結論を出すのは良くないと思っているわ」

「……」

「だから……貴方は貴方のペースで結論を出せばいいんじゃないの？　それが『ぬるま湯』って言われたとしても、気にしなくて良いじゃない」

「……良いのか？」

「良いわよ。そこでゆっくりと答えを出せば。何度間違っても良いじゃない。先は長いし、期限があるわけじゃないんだもの。間違えているなら、何度でもその答えを探せば良いじゃない。正解が見つかるまで、何度でも、何度でも。それを貴方、この世の終わりみたいな顔してるから……ちょっと思ったのよね、『馬鹿らしい』って」

　あっけらかんと笑ってみせる桐生。その姿に、なんだか肩の力が抜ける。

「……いいのかな、それ？　そんな、沢山時間を掛けても」

「良いじゃない、別に。貴方、さっき『答えを出せなかった』って言ってたけど……完全な第三者の私から見ても、答えが直ぐに出せる問題じゃないと思うわよ？　そんな簡単な関係性じゃないでしょ、貴方たち」

「……まあ」

「だから、良いじゃない別に。悩んで、悩んで、悩んで、それから答えを出せば」

　そう言ってにっこり笑った後――渋面（じゅうめん）を作ってみせる桐生。

「……まあ、望まぬ答えになったら困るけど」

「……望まぬ答え？」

「もし、貴方が鈴木さんか賀茂さん、どちらかとお付き合いをすることになったらよ。だって私たち、許嫁でしょ？　暮らしにくいじゃない」

「暮らしにくい……な、確かに」

「私だってイヤだし。別に貴方はモノじゃないけど……とられたみたいで」

「……」

　またコメントに困ることを……

「ともかく、貴方たちの関係性はまだ答えが出ていないだけで、間違ったワケじゃないと私は思う。もし、仮に間違えていたとしてもまだまだやり直せる範囲のものだと、そうも思う。そして、それはきっと私たちの関係性も同じ。何度も間違えて、何度でも訂正して……それで良いじゃない。貴方はいくつもの未来があったと言ったけど……最後に、正解を掴めばそれで良いじゃない。そうやって、望んだ『未来』を手に入れなさいな」

　だって。

「——いつだって、未来は貴方の手の中にあるんだから」

　そう言って笑う桐生は、とても綺麗だった。

「……未来は俺の手の中、か」

「そうね。いつだって、貴方は……違うわね。貴方たちは、貴方たちの未来を好きに作ることが出来る。望んだ形にね？」

「話だけ聞けば壮大な話だよな、未来を好きに作るって」

「そうね。でも、それが普通のことよ？　誰だって、未来を変えられるのよ。だって、自分のことなんですもの。努力すれば、なんだって叶うわよ」

「……お前が言うと含蓄があるな」

「そうね。私、努力をしてきた人間ですもの」

おかしそうに笑って。

「……後悔しない人間なんて、世界の何処にもいないのよ。後悔先に立たずって言葉もあるぐらい、『後』で『悔』いると書いて後悔なんだし」

「……」

「そこで立ち止まって、何もしないならそれっきりよ。でもね？　そこで歩き出せる人間は、必ず自らの未来をより良いモノに出来ると私は信じてる。そして」

同様に、貴方はそれが出来る人間だと。

「私は……そのことも、信じてる」

「……そっか」

「ええ」

「……じゃあ、お前の期待に応えないわけにはいかねーよな」

「そうよ。だって貴方は強くて、優しい人間ですもの。きっと、三人の未来をよりよくしてくれるって信じてるわ」

「……ちょっと待て。期待が大きすぎる気がするんだが」

俺、別に強くもないし優しくもないぞ？

「良いのよ。私が勝手に信じてるだけだから。だって、貴方は未来の旦那様よ？　旦那のことを信じられない妻が何処にいますか」

「……照れ臭いんだが」

「……言わないで。私もちょっと恥ずかしかったから」

そう言ってお互いに顔を見合わせて苦笑い。なんだ、この茶番劇。

「……でもまあ、ありがとうよ」

でも……まあ、なんだ。悪い気はしない。

「頑張りなさい、東九条君。どれだけ失敗しても良いじゃない。どれだけ間違ったって良いじゃない。胸を張って、正々堂々間違ってきなさいよ」

心配しないで、と。

「前も言ったでしょ？　たとえ、世界中の皆が貴方を間違っていると、認めないと言っても――私は、貴方の味方よ、東九条君！」

そう言って、笑顔を浮かべてみせて。

「……だから、それは俺のセリフだろうが」

「あら？　言い続けた方のモノになるのではないの？」

「なんねーよ。なんだよ、その特別ルール」

それでも、少しだけ方針は見えた気がした。

「……そっか」

翌日の放課後、俺は涼子を呼び出して屋上に上がっていた。昨日智美と会ったこと、喋ったこと、そして――これからのこと。そのことを、涼子には話をしておかないといけないと思ったから。だって、俺たちはずっと『三人』でいたから、その三人の誰かにこの話をしないなんて、選択肢としてなかった。

「……思った以上に色々考えてたんだね～、智美ちゃん」

「……だな」

「良かったよ。私の幼馴染は脳みそまで筋肉で出来ているかと思ってたんだけど……そうじゃなくて」

「……お前な？」

「じょーだんだよ、浩之ちゃん」

そう言ってクスクスと笑う涼子。その後、視線を中空に向ける。

「……そこまで考えて、浩之ちゃんの告白を『抑えた』のかぁ～。それは智美ちゃんにちょっと悪いことをしたかもね」

「……そうだな。俺が――」

言い掛けた俺を手で制し。

「浩之ちゃんだけじゃないよ？　私も……勿論、智美ちゃんだって、皆この関係を是としたんだから」

「……」

「この関係を『続けたい』と思ったのは智美ちゃんだけかも知れないけど、この関係でも『良い』と判断したのは私たちだから……だから、結局皆悪いんだよ」

「……誰も悪くないかも知れないけどな」

「……そうだね。もしかしたら……誰も、悪くはないのかも知れないね」

少しだけ寂しそうに笑う。

「……それで？　浩之ちゃんはこの関係を『どう』するつもりなの？」

「……」

「まだ、今のままで続けていく？　それとも、此処で終わりにする？」

「……どっちが良い、って聞くのはズルいか？」

「ズルいとは思わないよ？　だってこの話は、私たち三人のことだもの。私だって登場人物だし……もっと言えば、主役の一人ではあるじゃん？」

「メインヒロインだしな、お前」

「メインヒロインは智美ちゃんかな？　ひょっとしたら、浩之ちゃんの物語のメインヒロインは別の人かも知れないけど？」

「……茜か？」

「なにそのシスコン。私、浩之ちゃんのそういうところ、ちょっと嫌い」

そう言って『んべ』と舌を出す涼子。そんな涼子の仕草に頭を少しだけ掻く。

「……ねえ？」

「……なんだ？」

「もし、私がこの関係を終わらせたいって言ったら、浩之ちゃんはどうするの？」

「どうするって……どうも出来ないだろ、そんなの」

涼子の気持ちは涼子だけのものだ。それを『止める』なんて権利は俺にはない。智美にだってない。それは、涼子だけの気持ちだ。

「……そうだよね。結局、誰か一人がこの関係を終わらせるって言ったら、破綻しちゃうもんね～」

「……」

「……難しいね～、幼馴染って。私、今まで二人と幼馴染でイヤだったことなんてなかったけど……今はちょっとイヤかな」

「……んな寂しいこと言うなよ」

「御免。でも、それぐらい結構今は辛いかもね」

いつになく、弱気な態度を見せる涼子。その姿が、なんだか小さく見えた。そんな姿に、少しだけ言い淀み――でも、これは言わなくちゃいけないと、思い直して。

「……俺は、今のままの関係が良いとは思えない」

俺の言葉に、びくっと涼子が体を震わせたのが分かった。

「……そっか」

「……このままで、すべてが丸く収まると……上手くいくとは思えない。もしかしたら、今は時期じゃないかも知れないけど……それでも、このままが良いとは思えない」

「……そうだね。このままじゃいけないかもね」

「……寂しいけどな」

「……ううん。それで良いんじゃないかな？　浩之ちゃんの決定がそれなら、私はそれに従うよ。だから――」

浩之ちゃんは、浩之ちゃんの好きな様にすれば、良い、と。

「……わりぃな」

「……良いよ。いつかはこんな日が来ると思ってたから」

「……」

「……智美ちゃんには、いつ話す？」

「……そうだな。早い方が良いから、ちょっと予定を確認して――」

ポケットから携帯電話を取り出し――気付く。

「……秀明？」

そこに、秀明からの着信があったことを。

「……急に呼び出してすみません。ご足労まで願って」

「気にすんな。どうせ暇だしな」

秀明の着信を受けた俺は、学校を出て直ぐにこの駅前のワクドに向かった。最近、後輩連中からの呼び出しが多い気がするが……まあ、丁度良いと言えば丁度良い。

「そんで？　用件はなんだ？」

「……瑞穂から聞いてますよね？」

「質問に質問で返すな、って教えてもらってねーのかよ？」

「少なくとも、浩之さんには教えてもらった記憶はないっす」

「だよな。俺だって教えた記憶はないし」

そう言って二人で顔を見合わせて、笑う。

「……先日は、すみませんでした」

「何がだよ？」

「その……偉そうなこと、言って。本当にすみませんでした！」

そう言ってやおら立ち上がり、ガバっと頭を下げる秀明。ちょ、馬鹿！　止めろ！

「止めろ！　目立つだろうが！」

「でも……俺、大きな恩がある浩之さんにあんな失礼なこと言って……いくら、智美さんのこととはいえ……本当に申し訳ございませんでした!!」

「だから、止めろって！　むしろ嫌がらせかよ、おい！」

とんでもなく目立ってるんですけど！　なんだ、これ？　俺を精神的に追い詰めるスタイルかよ！　見ろ！　あそこの女子大生とかひそひそと俺を見て会話してるし！　先輩が後輩を叱り上げてる様にしか見えんだろうが！

「許してもらえるまでは頭を上げません！」

「許す！　許すからマジで勘弁してくれよ！」

切実に。もう明日から此処、来れないかも知れない。

「ありがとうございます！」

「……いちいち大声出すな。ともかく、座れ」

俺の言葉に一つ頷（うなず）き、秀明は腰を降ろす。その姿をジト目で見やり、俺はコーラのストローに口を付けてズズズと啜（すす）る。

「……どこの体育会系だよ、お前」

「？　はい？　聖上（せいじょう）のバスケットボール部っすけど……？」

……そうだよな。ガチガチの体育会系だもんな、コイツ。なんだかんだ、上を立てるのを忘れない可愛（かわい）い後輩だったたし。そう思い、俺は小さくため息を吐く。

「……まあ、本当に怒ってはないんだよ。お前の言っていることも正論だし……ぬるま湯って言われれば、確かにぬるま湯だからな」

「そ、そんなことは……」

「なんだ？　お前が言ったんじゃねーのか？　アレ、嘘か？」

「……いえ。そうですね。確かに言い方は悪かったと思いますが……でも、言っていること自体、間違ってるとは思ってないっす」

「……だよな～」

背もたれにもたれ掛かり中空を見つめて、ため息を吐く。そんな俺の姿に、秀明は訝し気な表情を浮かべた。

「……どうしたんっすか？　なんか……こないだと雰囲気違いますけど」

「男子、三日会わざればって言うだろうが。あれだよ、あれ」

俺も成長してんの。

「……そうっすか」

「そうだよ。いつまでも俺らだってこの関係が良いとは思ってねーしな。いつかは大人になるし……成長もしていかなきゃいけねーよ」

「……浩之さんたちが、っすか？」

「そうだよ。なんだよ？　そんな驚いた顔して」

「い、いえ……その、こんなこと言うと偉そうっていうか、生意気っていうか……なんか失礼かも知れないんっすけど……」

「なんだよ？　怒らないから言ってみろ」

「その……お三人はお三人だけで……その……なんていうか、関係性が出来上がっている気がして」

「そうか？」

「俺と茜、それに瑞穂だって幼馴染(おさななじみ)っすよ？　でも……なんて言うんでしょう？　浩之さんたちみたいに……『べったり』ではなかったんっすね」

「……」

「……だからこそ、三人の間には絶対に入り込めないって思ってたんっす。だから……俺も、諦めようと思ったんですけど」

「そんなに俺らが変わるのが変か？」

「変っていうか……想像がつかないっていうか」

「……変なヤツだな、お前。お前だって関係性を変えろって言ってなかったか？　それが変わると言えば『変』って」

どうしろっていうんだよ、俺に。

「いえ……すみません。俺が変なこと言ってました。そうっすね。三人も、いつかは変わらなくちゃいけないですしね」

「……そうだよ」

そう言って、俺はもう一口コーラを啜る。

「……そんで？　まさかお前、俺に公衆の面前で赤っ恥掻かせる為に呼んだのか？　だとしたら先日のこととは別に許せんぞ？」

本当に。酷い辱めにあったぞ。

「ち、違うっす！　俺、そんなに性格悪くないですよ！」

「……どうだか」

「マジで、違うんですって……その……話がだいぶ、ズレたんですけど……本当に話したいことってのは」

――俺、智美さんに告白しようと思います、と。

「……その許可を、浩之さんからもらいたくて」

「……俺は別に、智美の親父じゃねえぞ？」

「でも……大事な幼馴染ですよね？」

「……」

「……今から凄い、自分勝手なことを言います。俺、智美さんのこと、本気で好きっす。いつでも助けてくれて、いつでも笑いかけてくれた智美さんのことが」

「……そうかよ」

「でも……それと同じくらい、浩之さんのことも好きっす。ああ、変な意味じゃないっすよ？　憧れっていうか……ともかく、大好きな先輩っす」

「……そりゃどうも」

「だから……俺は、どうしても浩之さん、貴方に認めてもらいたい。貴方に認めてもらって、貴方に祝福されないと……きっと、俺は自分を責めそうだから」

「……お前も随分拗らせてんな、先輩後輩関係」

ジト目を向ける俺に、秀明は快活に笑ってみせる。

「身近にいたのがあなた方ですよ？　そりゃ、拗らせもするっすよ」

「……言葉もないな」

「だから、俺は浩之さんに認めてもらいたい。認めてもらった上で、智美さんに告白して、そして……そうっすね、智美さんにも認めてもらいたい」

弟じゃなくて、男として。

「……勝手な話だな。好きにすりゃ良いじゃねーか。別に、俺が認めるも認めないもねーだろ？」

「言ったでしょ？　『自分勝手』言うって。俺がイヤなんっすよ。誰でもない、俺がイヤなんっす。だから……俺が、『納得』したいんです」

「……そうかい。暑苦しいヤツだな」

「はい。バスケ部なので。だから、浩之さん」

——俺と、勝負をして下さい。

「……勝負？　なんのだよ？」

「……俺は一度も浩之さんに勝ったことがない。貴方の背中を追って、貴方に追いつきたくて一生懸命練習した」

バスケで、と。

バッグの中から取り出したボールを持って、秀明は射貫くような視線をこちらに向けた。

既に夕闇迫った公園で秀明と対峙する。秀明はバッグからバスケットボールを取り出すと、くるくると指の上で回してみせた。

「……じゃあ、勝負しましょうか、浩之さん」

「……勝負になるかよ？　俺とお前で」

そう言って鼻で笑ってみせる。当然、楽勝って意味じゃねえ。こっちのが分が悪いって意味だ。

「そうでしょうね。あの頃は負けっぱなしでしたが……今は、負ける気がしませんから」

「……聖上のベンチメンバーだもんな。そりゃ、自信もつくか」

そう言いながら俺は上着を脱いで軽くストレッチ。屈伸をして、アキレス腱を伸ばす俺を見て、ほんの少しだけ秀明が驚いた顔をしてみせた。

「……そうは言いながらやる気満々じゃないっすか」

「んなことはねーよ」

別にやる気なんてあるわけではない。ないがしかし。

「……このままじゃ進めないしな、俺も……お前も」

「……」

「……バスケやったくらいでどうこうなるとは思えんが……まあ、『すっきり』しようや、お互い。俺らの原点である――バスケでな」

「……智美さんには勿論ですが、浩之さん。俺は貴方にも感謝しています」

「……そりゃありがとよ」

「俺にバスケを教えてくれたのは浩之さん、貴方です。聖上でベンチ入りまで出来たのも……浩之さんのお蔭です」

「……んなワケねーだろ。お前の努力の成果だ」

「そうでもないですけど……まあ、いいっす。ともかく俺は、一度も浩之さんに勝ったことがありません。いつも、いつも……負けていました。それが悔しくて、ずっと貴方の背中を追ってましたから」

「……」

「だから、この場で……俺は浩之さんに勝ちます。バスケも――恋愛も」

そう言って、ボールをこちらに放ると、リングの前に陣取り手を広げて腰を落とす秀明。

「――ルールは簡単です。ワン・オン・ワンで……一本でもシュートを決めれば浩之さんの勝ち。出来なければ、俺の勝ち。時間無制限、どちらかの体力が尽きるまで」

「なんだよ？　随分余裕じゃねーか」

「ハンデですよ。さあ――」

どこからでもどうぞ？　と。

真剣な眼差しになる秀明。マジの勝負……ってわけか。

「――ははは」

無茶だろうな、と俺も思う。

向こうは、名門聖上でベンチ入りした男。対してこちらは帰宅部。

バスケをずっと続けた男と、バスケから逃げた男。

身長だって、二十センチ近く違う。勝てるわけがねえ。

「……」

……逃げ出すのは簡単だよな。

「……上等だ！」

でも、だからこそ――俺は秀明に向かって走った。

……どれくらいの時間が立っただろうか。
「甘いっす！」
ゴール下から抜きにかかり、レイアップシュートを決めようとした俺を、秀明がブロックする。かわそうと思って無理に体をひねったのが災いしたか、俺の体は地面に叩きつけられた。

「……かは！」

肺から空気が漏れる。そんな音を聞きながら、俺は秀明を睨みつける。

こちらは汗をかき、息も絶え絶え。対して秀明は、悠々とゴール下に立っている。

「……もう、終わりっすか？」

「……」

侮蔑の視線を送る秀明に、俺は両の足に力を入れて立ち上がろうとして……盛大に転ぶ。

「……限界っすか？」

「……ははは。バカかよ、お前」

こんなもの、限界でもなんでもねーよ。

「――いくぞ。勝負はこれからだ！」

「……ははは。昔のまんまっすね！」

震える足を励まし、もう一度ドリブル。左右にフェイントを掛けて抜きに掛かるも、簡単に追いつかれてディフェンスされる。秀明の威圧感を感じながら、ゴールを背にして。

「……なんで、そこまでやるんっすか？」

そんな秀明の声が、背中越しに聞こえてくる。

「……」

「もう、いいじゃないですか。浩之さん、足もガクガクだし、これ以上やったら体壊しますよ」

「……」

「そもそも……なんで『外』からシュート打たないんっすか？　一本取れば浩之さんの勝ちっすよ？　外から打てば一本ぐらい、シュート入るかも知れないじゃないっすか。それを馬鹿正直に……なんで、わざわざ内を攻めるんっすか？　もしかして……勝つ気、ないんっすか？　俺のこと、バカにしてますか？」

……秀明の言う通り。

いくら秀明との身長差があるとはいえ、流石に全てのシュートを止められることはない。俺だってそうはいってても素人ではないし、アウトレンジからのシュートだって得意な部類だ。だから、秀明の言う通り、外から打てばシュートの一本や二本、簡単に決められるだろう。

――でもな？

「……んなしょっぱい勝負が出来るかよ」

真正面からぶつかってきた秀明に対して、アウトレンジのシュートで姑息に勝ちを拾うなんて。

「――お前、それで納得できるのかよ？　外からシュート打たれて、まぐれで決められて、はい、負けました、で納得できるのか？　納得したいんじゃなかったのかよ？　その為のバスケ勝負だろうが」

「……勝負は勝負です」

「そういうのは試合に勝って勝負に負けたって言うんだよ」

そうだ。

それじゃ、今までと――色んなことから目をそらし、三人で『ぬるま湯』の関係を……『今』を逃げ続けていたのと、なんにも変わらないじゃないか。

「……ともかく……真剣勝負の最中だ。黙ってろ」

「浩之さんには言われたくない――っすよ！」

くるりと体を回し、鮮やかに……とは言わないまでも、秀明を抜き去る。

「……だから、甘いんっすよ！」

シュートモーションに入った俺の後ろから、ファールにならないようにボールだけを叩き落とす。畜生(ちくしょう)、今のでも無理か。

「つぐ!!」

着地の衝撃に、どうやら俺の体は耐えられなかった様子。俺の体はもう一度、盛大に地面に叩きつけられた。

「……」

もう一度、立ち上がる――否(いな)、立ち上がり掛けて、盛大に転ぶ。

「ちょ、浩之さん！　大丈夫っすか！」

慌てて駆け寄ろうとした秀明を手で制す。足もがくがくで、力なんか入りやしないが……両手を膝について、俺は体を起こして秀明を睨む。

「……もう逃げねぇよ」

「……」

「面倒くさいことや、辛いことや、しんどいことや」

——何よりも。

「何より、自分自身から、もう逃げねぇんだよ！」

そのままの勢いで、俺はドリブルで突っ込む。秀明も腰を落とし、ディフェンスの構え。

「……負けるかぁ！」

右に一瞬動き、秀明の注意を逸らす。こんなもんで上手くいくなんて思っちゃいねえ。案の定、秀明は一瞬視線を動かすだけ。

「もらった！」

左に抜きかけ、ドリブルを止めてシュートモーション。流石は聖上のベンチメンバー、全然疲れてないと思ったが……そうでもないみたいだ。秀明の体は左に流れている。

「させないっす！」

それでもさすが現役。体を捻りなんとか持ちこたえた秀明が、俺を止めるためにジャンプする。

……ダメか。

「ヒロユキ！」

「浩之ちゃん！」

——智美と涼子の声が、聞こえた気がした。

「負けるな、ヒロユキ!!」

「いけー、浩之ちゃん!!」

その言葉に、飛び上がり掛けた膝を無理やりたたむ。秀明の体が目の前を横切り、地面に着いた。

その体と入れ替わる様に、俺は体を中空に投げ、最高到達点でボールを手放して。

——綺麗(きれい)な放物線を描いたボールは、吸い込まれるようにリングに収まった。

「……」

「……」

「……俺の……勝ちだな？」

「……そうっすね」

負けたというのに、何故かすっきりした顔をする秀明。リングの下に落ちているボールを拾い、バッグに納める。

「……『納得』しました。やっぱり浩之さん……貴方(あなた)は、俺の大好きな先輩です」

「……そりゃどうも」

「……負け犬は去ります。それじゃ」

「……秀明」

「……なんっすか？」

「……お前、最後……手、抜いたろ？」

「……」

「どうなんだ？」

「馬鹿っすか、浩之さん？」

そう言って、少しだけ呆れた様な表情を見せて。

「――手なんか、ぬいたことないっすよ？　全力っすよ。バスケも、恋愛も……いつでも、ね」

手をヒラヒラさせながら公園を出ようとする秀明。

「ヒロユキ！」

「浩之ちゃん！」

「……あ……れ？　なんでいるんだ、お前ら？」

幻聴かと思ったが……そうではなかったのか？　俺の傍に駆け寄ってくる見慣れた幼馴染の姿を視界に収め。

「智美さん！　俺、負けちゃいました！　後は――――」

秀明が、何か言ってるが……良く聞こえない。まあ、もうどうでも良いや。

……終わったんだな？　もういいよな？　俺、勝ったんだな？

安堵と、疲れの中で、俺はゆっくりと意識を手放した。

目を開けると、心配そうな表情でこちらを見つめる幼馴染の顔があった。なんだか、何処か で経験した様なそんな感覚を覚えていると、心配そうだった顔を少しだけ緩めた幼馴染が桜色の唇を開いて言葉を紡いだ。

「……良かった。ようやく起きたね、浩之ちゃん」

「……涼子」

「本当だよ！　ヒロユキ、全然起きないから……心配したんだよ！」

「……智美」

……あれ？

「……なんでいるの？」

本当に。なんでお前ら、此処にいんの？

「秀明に呼ばれたから」

「秀明？」

「『いつまで拗らせてんですか。そろそろ、前に進んだ方が良いんじゃないんです？　俺が手本を見せてあげますよ』って……秀明君からメッセが来たの。私と智美ちゃんに」

……あいつ。

「……迷惑掛けたな」

「本当だよね」

そう言って苦笑を浮かべた後、涼子が優しい笑顔に変えて言葉を継いだ。

「でも……なんかちょっと、懐かしいね？」

「懐かしい？」

「覚えてないの？　アンタ、木登りしてたら木から落ちて気絶したことあったじゃない！」

「……ああ」

確か……小学校四年か？　そんなこともあった様な気がするな、うん。

「そうそう！　あの時も今みたいに浩之ちゃん、なかなか起きなくて。二人で心配して顔をずっと覗き込んで」

「今考えたら、直ぐに大人を呼びに行くべきなのにね？」

「うん。でも、全然その時は思い至らなかった。浩之ちゃんの傍についていないと！　って」

「そうそう！　なんかヒロユキと離れたら、そのままヒロユキが死んじゃうんじゃないかって
……それが心配で……怖くて」

「……んな簡単に死ぬかよ。木から落ちたっていってもせいぜい、自分の背丈よりちょっと高いぐらいだぞ？」

「そんな高さの木から落ちただけなのに気絶するから、心配したんでしょ！」

「……そりゃそうかもだけど……」

「そうだよ、浩之ちゃん。大体、浩之ちゃんは昔っからそそっかしいところがあるんだから！　心配になるんだよ、こっちも！」

「そうそう！」

「……勘弁してくれよ」

少しだけ、肩を竦めてみせる。そんな俺の仕草に、幼馴染二人は笑う。

――とても、とても、優しい笑顔で。

「……」

「……」

「……」

「……さっき、ね？」

どれくらい、沈黙が流れたか。

「……ああ」

唐突に口を開いた智美に、頷いてみせる。

「……秀明に……告白された」

……そっか。アイツ的に、納得したってことか。

「……それで？　返事は？」

「断ったよ、勿論。気持ちは嬉しいけど……秀明とは、付き合えないって」

「弟としてしか見れないか？」

「……そうだね。それも……あるね」

でもね、と。

「――私はやっぱりね？　今まで通り『三人』が良いよ、ヒロユキ」

「……」

「涼子に言われた。『智美ちゃんはズルい』って。ヒロユキを縛って、ヒロユキの逃げ道を奪って、そのくせヒロユキの隣でずっと笑っているのは……凄く、ズルいって」

「……んなことは、ねーよ」

「ううん。私自身もそう思う。私は、ヒロユキの負担になってるって」

ううん、と。

「……この言い方もズルいよね？　こういえば、きっと優しいヒロユキは『そんなことはない』って言ってくれるって……信じてるから」

「……」

「……分かってるんだ。自分でも、ズルいことは。でもね？　それでも、止められない。いつかは離れていくかも知れないけど……それでもやっぱり、私はヒロユキの傍にいたいんだよ。涼子とヒロユキと、私の三人が良いんだよ。少なくとも、今はまだ」

「……それは」

「――まあ、それは無理じゃないかな～」

言い掛けた俺を、制す様に。

「……涼子」

「いつまでも三人、なんて無理だよ、智美ちゃん」

涼子が口を開いた。

「……まあね？　私も悪かったよ。三人でいるのが居心地が良すぎて……それで、智美ちゃんにあんまり厳しいこと、言ってこなかったからね。そこは幼馴染として反省する。いつまでもこの『ぬるま湯』を形成していた一端は、間違いなく私にもあるから」

そう言って肩を竦めて。

「――大人になろうよ、智美ちゃん。私と一緒に」

「……」

「いつまでも、子供のままじゃいられないんだから。私たちは女の子で、浩之ちゃんは男の子。どうしたって、いつかは絶対、二人と一人になるよ。それとも何？　『今じゃない』って言い続けて、ずっと一緒にいて……三人で介護施設でも入る？　誰ともお付き合いもせずに、誰とも結婚もせずに？　ま、私はそれでも良いけど……浩之ちゃんにそこまで強いるの？」

「そ、そんなことは言ってないじゃん！　そりゃ、いつかはそうなるかも知れないけど……なんで、今ここでその決断をしなくちゃいけないのよ！」

叫ぶ智美。苦しそうに、切なそうに、その胸の内を吐露する智美に、涼子はなんでもない様に。

「そりゃ、桐生さんがいるからだよ」

断罪するかのよう、冷たい声音で。

「私たちは、ずっと『三人』の世界で生きてきた。でもね？　今はもう、違う。浩之ちゃんには許嫁が出来た。智美ちゃんだって分かるよね？　彼女が出来た男友達と、今までと同じお付き合いを出来ないのは。それと一緒だよ。許嫁なんて彼女よりも繋がりが強いんだよ？」

「そ、それは……で、でも！　二人が許嫁なのは、ヒロユキと桐生さんの意志じゃないじゃん！　ヒロユキのおじ様と桐生さんのお父さんとの間で決まったことでしょ!!」

「ま、許嫁なんて基本親同士が決めるモンだしね」

でもね、智美ちゃん？　と。

「——なんで桐生さんは浩之ちゃんのこと、好きじゃないって思うのかな？」

「な、なんでって……」

「一緒に暮らして、仲良く話す二人を見て……それでも、思わないの？　もしかしたら、桐生さんは浩之ちゃんのことを好きかも知れないって」

「……」

「まあ、私は桐生さんじゃないから分かんないよ？　本当に桐生さんが浩之ちゃんのことが好きかどうかは。でも、今までの浩之ちゃんとの関係性の中で、私たちを除いて一番、浩之ちゃんの傍にいるのが桐生さんだと私は思う。きっと、今いる誰よりも、浩之ちゃんに近いのは桐生さんだと、そう思うんだ」

「……」

「だからね、智美ちゃん？」

——どだい、『三人』なんて無理なんだよ、と。

「……涼子は」

「うん？」

「涼子は……それで良いの？　今まで通り、三人でいられなくて良いの？　私はイヤ！　今まで通り、三人で過ごしたい！」

「……そうできれば、それが良いかもね。でもね？　それはもう、無理なんだよ。このままじゃ、必ず皆がバラバラになるから」

だから、と。

「私は進むね、智美ちゃん」

ごめんね、と、智美に頭を下げて。

「……好きです、浩之ちゃん」

「……」

「好きです、浩之ちゃん。いつからなんて、そんなの思い出せないぐらい、ずっと、ずっと前から、私は——賀茂涼子は」

——貴方(あなた)が、好きです、と。

「……」

「……本当は……この言葉をあの時に言っておくべきだったんだ。浩之ちゃんが、智美ちゃんのことを好きかもしれないって私に言った時に……浩之ちゃんが、三人の関係を進めようとしてくれた時に、私はこの言葉を貴方に伝えるべきだったんだ」

そう言って苦笑を浮かべる。

「でも、私は臆病だったから。本当に……本当に、大好きだったから。だから、貴方が智美ちゃんを選んだ時、凄く辛かった。なんで私じゃないの？　なんで？　って、そう思った。私の方が傍にいたのに、私の方が長い間一緒にいたのにって、そう思って……それでも、貴方が幸せなら良いって、そう思いなおして……自分に、嘘をついて」

でも、と。

「智美ちゃんは歩み出さなかった」

「……」

「凄く……凄く、妬ましかった。それだけ浩之ちゃんに愛されてるのに、そんな浩之ちゃんの手を摑もうとしない、折角浩之ちゃんに選ばれたのに、それを受け入れない智美ちゃんが」

「……」

「同時に、凄く有り難かった。だって、二人と一人になったら、きっと今まで通りではいられないから。だから」

——間違っているのは知っていたのに、私はそれに乗った、と。

「……だからね？　私もズルいんだよ、浩之ちゃん。別に智美ちゃんと浩之ちゃんだけがダメなワケじゃない。皆、少しずつ、間違えたんだよ。誰も悪くないし……そして、誰も正しくない」

だから、と。

「──やり直そうよ、今、此処で。いつか『あの時の私たちは、とっても格好悪かったね』と笑える未来を迎える為に」

──間違いだらけの『過去』を変えよう、と。

「進もうよ、皆。いつか、過去の話を笑い話に出来る様に。来年の話は鬼が笑うって言うでしょ？　だから、私たちは過去の話で大笑いしようよ？　きっと、私たちにはそれが出来るから」

だって。

「私たちは──いつも、いつでも一緒にいた『幼馴染』だから」

視線を智美に向けて。

「私は進むよ、智美ちゃん。貴方はどうするの？　このまま、此処で立ち止まるの？　それとも──前に、進むの？」

涼子の言葉に、公園内に沈黙が走る。何も言えず、俯く智美に涼子は優しく声を掛けた。

「……智美ちゃん？　智美ちゃんはいいの？」

「……」

「……そこで、ずっと見ているだけ？　浩之ちゃんに言いたいことはないの？　自分の気持ちても？」

は、自分の想いは、何もないの？　良いの？　このまま、浩之ちゃんが何処かに行ってしまっ

「……」

「……そう。それじゃあ、もう良いよ。帰ろ、浩之ちゃん？　もう智美ちゃんなんか放っておいてさ」

そう言って俺の手を取り公園を後にしようとする涼子。そんな涼子に、俺は慌てて声を掛ける。

「ま、待てよ！　涼子、智美を放ってって、そんなの——」

「恋に臆病になった者に、祝福は訪れないんだよ、浩之ちゃん」

「……」

「智美ちゃんは、戦うことから逃げたんだよ？　もう、彼女に立つべき舞台はないんだ。不戦敗、だね？」

先程よりも心持ち、強引に俺の手を引く涼子。

「……待って」

「……なに？」

「……待ってよ！」

俯きがちだった視線をあげ、智美が涼子を睨む。

「……何？　何か言いたいことがあるの、智美ちゃん？」

「……」

「……用がないならもう、行くね」

「……私は！」

「……」

「……私は……確かに弱いわよ！　臆病よ！　一人はイヤだもん！　誰かを一人にするのもイヤだもん！　三人、一緒が良いんだもん！」

「いつまでも、子供が良いってこと？」

「そうじゃない！　そうじゃないけど……」

そう言って、俺の手を涼子から引き離し、ぎゅっと握りこむ。

「……でも……でも！　私は……あの時、ヒロユキの気持ちを知っていながら我慢させた！　その私が、どのツラ下げて『二人』になりたいって言えると思ってるのよっ！」

「……ふーん。智美ちゃん、『二人』になりたかったの？　『二人』が良かったの？　私なんか、一人にしても良いんだ」

「そうじゃない！　そうじゃないけど！」

「……ごめん、今のは感じが悪かったかもね～」

そう言ってペロリと舌を出して。

「でもさ？　智美ちゃん、なんで『三人』になれないって思うのかな？」

「……え？」

「だってさ？　よく考えてみなよ？　智美ちゃんが浩之ちゃんにフラれたとするじゃん？　そ

れで私を選んでくれたとするじゃん？」

　コクン、と首を傾（かし）げて。

「――私たちが、智美ちゃんを仲間外れにすると思う？」

「……あ」

「そりゃ……ちょっとぐらいは嫉妬（しっと）するし、もやもやとはするけど……でも別に、二人で会うな～とか、そんなことは言うつもりないよ、私？　たまには二人きりでデートとかもしたいけど、三人で遊びにも全然行くよ？　っていうか、今までだってあったでしょ？　二人きりで出かけたりしたことは。ね？　なにも変わらない」

「……そ、それは」

「それとも……なに？　智美ちゃんは言うつもりだったの？　『涼子と二人で会うな！』って」

「……」

「……」

「……ごめん。私は……たぶん、嫉妬深い。きっと、会ったらイヤな顔をすると思う。凄（すご）く不機嫌になるし……その……ごめん。言うかも知れない……二人で会うなって」

　申し訳なさそうに――そして、悔（くや）しそうに。

　そう言って本心を吐露する智美に、涼子はうんと一つ頷（うなず）いて。

「――うん！　成長したね、智美ちゃん！」

　満面の笑みを浮かべた。そんな涼子の姿に、目を白黒させる智美。その智美の姿に、涼子は肩を竦めてみせる。

「……あのさ～？　智美ちゃん、私たち一体どれくらいの付き合いだと思ってんの？　智美ちゃんがそういうメンドクサイ性格なのは充分承知してるって。智美ちゃんと浩之ちゃんが付き合うことになったらそうなるに決まってるって」

「……」

「でも、私はそれでも別に良いんだよ？　元々あの時、『一人』になる覚悟は出来てたから。まあ……智美ちゃんが浩之ちゃんと付き合っても長続きはしないだろうな～とは思ってたけど。主に、女子力の面で」

　冗談めかしてそう言って。

「……きっと、前の智美ちゃんだったら『言わないよ！』って言ってたと思うんだよね」

　――だって、貴方は『優しい』子だから、と。

「その『優しさ』に甘えて、辛い思いをさせてごめんね。そして――私の為に、ありがとう」

　聖母の様な、慈しみの笑みを浮かべて。

「もう、私は大丈夫だよ？　智美ちゃんも、それぐらい自分の気持ちに素直になれたのなら、もう大丈夫。心配しないで？　智美ちゃん、智美ちゃんは――」

『一人』になることはないんだから、と。

「『三人』は無理でも、一人になることはないよ。智美ちゃんが選ばれれば、智美ちゃんと浩之ちゃんが『二人』になる。どうしても智美ちゃんが三人が良いって言うなら、私もちゃっかり入れてもらうよ。智美ちゃんが選ばれなければ、私と浩之ちゃんと智美ちゃん、『三人』で一緒にいれる様に頑張るからさ」

「でも……それじゃ、涼子に……」

「私、こう見えても結構智美ちゃんに感謝してるんだよね？　二人がバスケを始めた時、独りぼっちだった私を連れ出してくれたのは智美ちゃんじゃん。だから、その恩返しでもあるんだよ」

にっこり笑ってそう言う涼子。その姿に、智美はしばし俯き。

「……両方、選ばれなかったら？」

ポツリと。

そんな、囁くような心の音に、涼子は肩を竦めてみせて。

「──ま、その時は仕方ない。潔く、女『二人』で友情を確かめ合おうよ。浩之ちゃんにフラれた同盟とか組んで。それで、格好良く生きよう」

いつか。

「──浩之ちゃんがフッたこと、後悔するぐらいのねっ！」

「……」

「……ま、流石に今みたいにベッタリってわけにはいかないだろうけど……浩之ちゃんに『女友達』がいてもおかしくないでしょ？　特に私たち、幼馴染枠だし？　親同士含めて旅行やらなんやらの予定があってもおかしくないよ」

「……」

「でしょ？」

「それは……そう、かもだけど……」

迷うように、瞳を揺らす。そんな智美の肩に、涼子は手を置いて。

「だから……何も心配しないで」

さあ、と。

「前に進もう、智美ちゃん。私たちのこれからを、未来を――明るいモノにする為に」

その言葉に、揺れていた智美の瞳がしっかりと焦点を定める。そのまま、俺に視線を向けて。

「――ヒロユキ」

しっかりと、視線を。

「――私は……鈴木智美は――貴方（あなた）のことが、東九条浩之のことが、好き……です。大好きです。愛しています」

紡（つむ）ぐ、愛の詩を。

「私が弱くて、ズルくて、ごめんなさい。貴方を傷つけ、我慢させて、ごめんなさい。今更、何を言っているんだと思われるだろうけど……それでも、私は貴方が好き。大好き。ヒロユキと離れたくない。ずっと一緒に、生きていきたい。だから――」

どうか、私と付き合って下さい、と。

「……ヒロユキ」

「……浩之ちゃん」

「──私を、選んでください」


真剣な表情で俺を見つめる二人。

──正直に、言おう。気持ちは、天に上るほどに、嬉しい。

涼子はいつだって一緒にいた幼馴染で。

智美はいつだって一緒にいた幼馴染で。

二人とも大事で、大好きで……ずっと一緒にいたいと思う、そんな幼馴染だから。だから、だから──


『だ、だって……わ、私、ずっと頑張ってきて……で、でも、その努力は誰にも認めてもらえなくて……ずっと、嫉妬されて、悪意にさらされて、馬鹿にされて……そ、それでも頑張ってきて！』

不意に。

『東九条君が、私を……ひっく……み、認めてくれて！』『とっても……とっても……嬉しいもん。涙だって……出るよぉ……』『撫でるの、やめるなぁ！　もっと撫でろぉ！』『……今日は……もうちょっと一緒にいたかったのっ！　それぐらい分かれ、バカっ！』『……だ、だから！　そ、その……ず、ずっと……そ、そばに、いてね？』『嬉しいと小躍りするって言うでしょ？　私、小躍りはしたことないけど……社交ダンスなら出来るから。一緒に踊る？』『賀茂さんが来るけど……賀茂さんのことばっかり構ったら、ヤ！　だからね！』

今までの、記憶が。

『──たとえ、世界中の皆が貴方を間違っていると、認めないと言っても──私は、貴方の味方よ、東九条君！』

今までの、想い出が。

「……ごめん。俺は、どちらも選べない」

「……」

「……」

「……私のことは嫌い、浩之ちゃん？」

「……んなワケ、ねーよ」

「私のことは、ヒロユキ？」

「……嫌いじゃない」

「それじゃ……どちらかを選んだら、どちらかが……とか、考えてる？」

こんな、大事な——大好きな幼馴染に、嘘は吐きたくない。

「そうじゃ、ない。どっちかが可哀想とか、そんな理由じゃない。単純に」

そう、単純に。

誰かが、なんて関係ない。これは俺の、俺だけの問題だ。

「——俺の、気持ちの問題だ」

「……」

「……」

「……桐生さん？」

涼子の言葉に、小さく頷く。

「……ああ」

「桐生さんのこと、好きなの？」

「……嫌いではない」

「付き合いたい？」

「いや……」

なんだろう？

「……正直、よく分かんねー」

「……日和ったの？」

睨みつける様な涼子の視線に、苦笑で首を左右に振る。

「そうじゃなくて……ほら、俺らってさ？　許嫁だろ」

「……」

「だから……分かんないんだよ、距離感が」

「距離感？」

「いきなり色んな過程をすっ飛ばして、今の場所にいるから……」

この気持ちは、なんなのか。

恋愛なのか。家族愛なのか。

同病が相憐れんでいるだけなのか。

それとも——同情か。

「……それでも」

それでも、思う。

「——あいつを、放っておけない。『一人』に、したくはない」

この気持ちはきっと、本物だ。

「……」

「……」

「……だから……気持ちは、本当に凄く嬉しい。でも……それでも、俺はお前らと付き合うことは出来ない」

せめて。

「――すまん」

精一杯の誠意を示そうと、頭を下げる。

「……」

「……」

「……」

どれくらいの、時間が経っただろうか。

「……ははは」

不意に、智美の声が聞こえた。

「……」

「……そっか。まあ、仕方ないね……そもそも、折角のチャンスを棒に振ったのは私だしね」

――瞳に涙を一杯に、溜めて。

「……ごめん」

「……謝らないで。ヒロユキが悪いんじゃない。私が……ただ、私が」

「……」

「……あの時、ヒロユキの告白を受けていればって……今更……もう、本当に自分が格好悪いよ。情けないよ。そうやって、うじうじ――」

「……あれ？　智美ちゃん、もう諦めちゃうの？」

「──……へ？」

「──……へ？」

不意に聞こえた涼子の声に、涙を浮かべた智美と、沈痛な表情を浮かべていた俺がそろって顔を上げる。そんな俺らの表情に、きょとんとした顔を浮かべた後。

「──ま、智美ちゃんが諦めちゃうんだったらそれはそれで、別に良いけど……」

「りょ、涼子？　あ、アンタ、何言ってるの？　ヒロユキは、私たちとは付き合えないって……ふ、フラれたんだよ？」

「そうだね～」

「じゃ、じゃあ！　諦めなくちゃ！」

「なんで？」

「な、なんでって……」

「よく考えてよ、智美ちゃん？　私たち、幼馴染拗らせまくってたんだよ？」

「そ、それが？」

頭に疑問符を浮かべる智美に、涼子は親指をぐいっと上げて。

「──そんな幼馴染と初恋拗らせた私が、一回ぐらいで諦めつくわけないじゃん？」

そう言って、涼子は俺にしなだれかかってくる。

「ちょ、りょ、涼子！」

「んー……スッキリした！　言いたいことも言えたし、ちゃんとフラれたし……ま、これからはガンガン攻めるから、よろしく～」

「いや、だから！　俺はお前らと付き合うつもりはないって！」

「それは浩之ちゃんの都合でしょ？」

「いや、都合って！　俺の都合、最優先でしょうが！」

「別に無理に付き合えって言うつもりはないよ？　でもさ？　私が勝手に浩之ちゃんが好きで、私が勝手に浩之ちゃんにアプローチかける分には問題なくない？」

「いや、それは……」

「変？」

……え？　へ、変じゃないの？　俺、今、こいつらのこと振ったんだよね？　振ってからガンガンアプローチかけるってどういうこと？

「桐生さんと付き合う様になったら流石にちょっとは控えるよ？　桐生さんにも悪いし。でもさ？　片思いは私の勝手じゃない？　浩之ちゃん、現状では誰とも付き合ってないんだし……フリーの人狙うのって、別に悪いことじゃないんじゃないかな～？」

……え？　そ、そうなの？

「……そうなの、智美？」

「……」

「と、智美？」

「……な、なにそれ！　そ、そんなのあり⁉」

「智美⁉」

智美が顔を真っ赤にして吠える。

「アリかナシかで言えばアリでしょ？　むしろアリ以外、なくない？」

「いや、だって、え？　ええ？」

「確かに私たちはフラれました。でもさ、別に誰かから浩之ちゃんを取ってやろうとか、そういう訳じゃないじゃない？　なら正々堂々、浩之ちゃんの気持ちを奪ってやれば良いんだよ」

にっこりと、笑って。

「――もう、私たちは一歩踏み出したんだから。これから先、浩之ちゃんが迷惑だから止めろって言うまで、私はガンガン浩之ちゃんにアプローチかける。だから、智美ちゃん？　遠慮してたら、私がサクッと浩之ちゃんの心、奪っちゃうよ～？」

少しだけ、口の端を釣り上げて、挑発的な笑みで。

「……上等じゃない！　絶対、負けないんだから！　ヒロユキ、私もガンガン攻めるから！　アプローチ、かけていくから！」

そんな挑発に、軽々と乗る智美。いや、ちょっと⁉

「ま、待ってくれ！　お前ら、それは――」

「なによ？　ヒロユキは迷惑なの？　私たちにアプローチかけられたら？」

「いや、迷惑っていうか……」

「迷惑なワケないよね、浩之ちゃん？　だって、浩之ちゃんが硬い意思を持ってアプローチを防げば、問題ないじゃない？　要は、浩之ちゃんの意志の強さの問題でしょ？　浩之ちゃんが本当に桐生さん好きなら、私たちに靡くこと、ないんじゃない？」

う、うぐぅ。そ、そう言われると、そんな感じもするが……いや、でもさ？　それ、なんか違うんじゃない？　え？　違わないの？

「あ、ちなみに誤解されたくないなら桐生さんに言っても良いよ？　『俺はちゃんとフッたけど、アイツらがしつこく迫ってくる』って。もし勘違いされそうって心配になるなら、私たちが言いに行っても良いよね、智美ちゃん？」

「勿論！　ちゃーんとヒロユキの代わりに弁明してあげる！」

「ヤだな、智美ちゃん？　弁明じゃないよ？　宣戦布告だよ？」

「あ、そっか～」

「お前ら……」

……なんだよ、宣戦布告って。

「っていうか、涼子？　お前、選ばれなかったら潔く諦める的なこと言ってなかったか？」

「言ったよ？　でもさ？　別に浩之ちゃん、誰も『選んで』はないでしょ？　だから今は保留状態。保留状態ならガンガンいくに決まってんじゃん！　ね、智美ちゃん？」

「うん！　っていうか、ヒロユキ？　往生際が悪いよ？」

「往生際だ？」

「何年の付き合いだと思ってんの？　涼子だよ？　涼子に掛かれば、私らなんて手のひらの上じゃん」

「……」

……いや……まあ……確かに。

「それに、さ」

そう言って声のトーンを落として。

「……やっぱり、私も諦めたくないんだ。あそこで私のしたこと、間違いではなかったと思ってるけど……全然後悔してないって言うと、やっぱり嘘になるんだ」

「……」

「だからさ、ヒロユキ？」

私が貴方のことを好きな気持ちぐらい、認めて下さい、と。

「私も、浩之ちゃん。今はまだ、諦めたくないし……私の想いを、認めてほしい」

そう言って二人で並んで。

「――お願いします!!　貴方のこと、好きでいさせてください!!」

頭を下げる二人に。

「……勝手にしろ」

頭を抱える俺の横で、ハイタッチをする二人に、俺は小さくため息を吐いた。

エピローグ　未来も過去も、変えられる貴方なら

「……ただいまー」

なんだか物凄く疲れた。そう思いながら家に帰った俺は、玄関のドアを開けたところでカレーの美味しそうな匂いが漂っていることに気付く。

「お帰りなさい。今日はカレーよ」

玄関先で鼻をひくひくさせている俺の元に、エプロン姿でお玉を持った桐生がスリッパをパタパタといわせながら駆け寄ってくる。その姿はなんだか新妻に迎え入れられているよう。

「カレーか……シチューじゃなかったのか？」

「やっぱりちょっと醤油味にクリームいれるのに抵抗があって……イヤだった？」

「まさか。色々あって腹も減ったし、早く食べたい感じ」

「そう？　それじゃ、いっぱいお替わりしてね？　沢山作ったから！」

嬉しそうにそう言ってにっこり微笑んで――後、少しだけ顔を顰める。

「……その前にシャワーでも浴びる？」

「……そんなに臭い？」

「そうね。臭い、というわけじゃないけど……やっぱり汗の匂いがするから」

そんな顔をする桐生の目の前で俺は自分の服の袖口を鼻の前に持っていってスンスンと匂いを嗅ぐ。うん、汗臭い。

「……そうだな。先にシャワーでも浴びるわ。っていうか結構汗臭いな、コレ」

「ハードな運動でもしてきたの？」

「あー……まあな」

「そう。それは聞いても良い話かしら？」

「……まあ、お前にも色々迷惑掛けたしな。聞きたいんなら話すことはやぶさかじゃない」

「なら、夕飯後に教えてもらいましょうか。さあ、それじゃさっさとシャワー、浴びてきなさい！」

ビシッとお玉でバスルームを指す桐生に俺は肩を竦めて靴を脱ぎ、バスルームを目指した。

◆◇◆

夕飯はカレーライスにサラダだった。ご丁寧にサラダにはゆで卵までのっている辺り——まあ、茹でただけではあるが、桐生の成長の跡が見える。焼くオンリーだったしな、コイツ。

「それで？　何があったの？」

俺の前にコーヒーのカップを置くと、テーブルの向かい側に座り桐生は自身のカップに口を付けながら話を切り出す。

「あー……なかなか一言で言えないんだが……」

「そこを敢えて一言で言うと？」

「秀明とバスケ勝負して、涼子と智美に告白された」

「……私が悪かったわ。一言じゃなく説明してくれる？」

「そうだな……まあ、智美のことを秀明が好いてたのは知ってるよな？」

「ええ。情熱的な告白だったじゃない。貴方にだったけど」

「俺にしてもどうかとは思うが……まあな。そんで、そんな秀明から勝負を挑まれた」

「……なんで？」

「ケジメ、みたいなモンじゃねーのか？　まあ、俺自身ウジウジ悩んでたから、丁度良いっちゃ丁度良かった。んで、その勝負に……まあ、勝って」

「……凄いわね。聖上高校ってバスケット、強いんでしょ？　そこの一年生でベンチ入りメンバーに勝ったの、貴方？」

「最後は手加減してもらったんだろうけどな。流石に現役の聖上メンバーとガチンコでやって勝てるって思えるほど、自惚れちゃいない」

「そう？　でも……ちょっと見たかったかも」

「絶対、イヤ」

「……なんでよ？」

少しだけ不満そうに頬を膨らます桐生。そんな桐生から視線をずらし。

「……格好悪かったからな」

「……」

「……」

「……私に、格好悪い姿見られるのはイヤ？」

「……誰に見られるのだってイヤだろ、普通？」

「じゃあ、言い方を変える。格好いい姿だけ、見せておきたい？」

「……ご想像にお任せします」

「……ふふふ」

俺の言葉に、嬉しそうに顔を綻ばして。

「もうちょっと聞きたいところだけど、この辺で勘弁してあげる。それで？　その後、賀茂さんと鈴木さんに会ったの？」

「会ったっていうか……秀明が呼んでたらしい。決着付けろって」

「出来た後輩ね」

「本当に」

頭が上がんねーぞ、アイツに。

「……でもまあ、それで……涼子と智美に、告白された」

「……そう」

俺の言葉を噛みしめる様に聞いて。

「……それで？　貴方は……その、どう答えたの？」

そんな桐生の言葉に。

「――断ったよ。二人とは付き合えないって」

「……」

「……」

「……良かったの？」

良かったの、か。

「……どうかな？　もしかしたら、後悔するかも知れないし……それに」

少しだけ、言い淀む。

「……その……『諦めない』って言われた」

「……はい？」

「だ、だから！　その……『初恋拗らせてるんだから、一回ぐらいで諦めがつくわけない』って言われて……」

……なんだろう。この浮気がバレた男の言い訳みたいな心境。

「……」

「……」

「……はぁ」

額に手を当て、やれやれと言わんばかりに首を左右に振る桐生。

「あ、呆れるなよ！　いや、分かるよ？　結局、なんにも変わってないって――」

「違うわよ」

「――思って……違う？」

「ええ、違うわよ。なんにも変わってない？　馬鹿言ってるんじゃないわよ。貴方たちは全員で全員の気持ちを伝えて、その上でそれ以上の関係を築いたってことでしょ？　一度関係を清算して――そして、より強固な関係を築いたってことじゃないの？」

「……」

そう言われてみれば……まあ、そういう解釈もあるのか？

「少なくとも貴方、ちょっとすっきりした顔してるもの」

そう言って、桐生は優しい笑顔で俺の手を両の手で優しく包む。思わずドキッとするようなその仕草に俺が身じろぎして手を放そうとするも、少しだけ桐生は力を込めて放そうとはしない。なにかを喋ろうと、口を開きかけて。

「いつだって貴方は迷った」

「……」

「いつだって貴方は悩んだ」

……ああ。本当に、嫌になるほど悩んだよ。

「いつだって貴方は苦しんだ」

……ああ。いっそ、何もかも捨ててしまいたくなるぐらい、苦しんだよ。

「でも……貴方は……貴方たちは、逃げ出さずに、立ち向かった」

……散々、逃げてきたからな。

「虚勢だったかも知れない。見栄だったかも知れない。格好悪かったかも知れない。選択に後悔したことだって、あったでしょう。それでも、貴方たちは、前を向いて進んだ」

……そう……かな？

「そうよ。誰が認めなくても、この私、桐生彩音が認めてあげる。貴方たちの関係は、今、一歩進んだ。確実に……今までよりも、強固なものに」

そう言って、桐生は優しく微笑んで。

「——おめでとう、東九条君。貴方は立派に……そして、見事に過去を変えて、未来をつかみとったわね」

「後悔するかも知れないのに？」

「人間だもの。完璧な選択肢なんてないわよ。でもね？　今、後悔するのはダメ。選択が正しかったかなんて、終わってみないと分からない。だから、そこまで生き抜いた先で迷う分には……後で悔いる分には、全然構わないと私は思うわ」

……でも、と。

「『今』の貴方が、『未来』の貴方に想いを馳せて……これから起こる『未来』に後悔するのは……きっと、間違ってる。だから――貴方は、今を一生懸命生きなさい。思うままに生きて……それでも、後悔するかも知れない未来が待っているとするのであれば」

　そんな未来、変えてしまいなさいな、と。

「今の貴方なら出来るでしょ？　だって貴方は、既に過去も未来も変えられる力を持っているのだから」

「……」

「……説教臭いこと言ったわ。ごめん」

「……いや……その……なんだ、ありがとう」

「そう？　なら良かったわ」

　そう言ってコーヒーカップに口を付けて。

「……ともかく、貴方たちの関係は一歩前に進んだってことでしょう？　おめでとう！」

　もう一度、笑顔を見せる。そんな桐生に、つられる様に俺も笑顔を見せかけて。

「……あれ？」

「コーヒー、飲んだかしら？　カップを……なに？」

「いや……さっきさ？　お前、呆れた様な仕草してたよな？」

　大山鳴動して鼠一匹、だっけ？　そんな感じで呆れたのかと思ったけど……今の話を聞く限り、そうじゃないってことだよな？　んじゃなんであんな呆れた顔したんだよ？

「……」

「……」

「……はぁ」

「な、なに？」

「いえ……まあ、そうね。賀茂さんと鈴木さん、貴方のこと諦めないって言ったんでしょ？」

「……はい」

「今までは……そうね？　色んなことを遠慮して、控えていただろうけど……これからはそうじゃないんじゃないの？」

「……エスパー？」

いや、確かにガンガンアプローチかけるって言われたけども。

「ちょっと考えれば分かるわよ。エスパーでもなんでもないわ」

「……」

「だから……その……ちょっとだけ」

イヤだな、と思っただけ、と。

「……」

「……い、一応言っておくけど！　私、貴方の許嫁なのよ？　そ、そりゃ、幼馴染も大事だと思うけど……そ、それでも許嫁だって大事じゃないワケじゃないんだからね！」

「……はい」

「だ、だから！　そ、その……！」

──私のことも、ちゃんと見てね、と。

「余所見(よそみ)ばっかしてたら……す、拗(す)ねちゃうんだからね！」

「……んなもん、言われなくても分かってるよ」

「……」

「お前のことも」

……いや。


「──お前の事は、ちゃんと見ておくから」


その言葉に、嬉しそうに顔を綻(ほころ)ばす桐生。

「そ、そう？　それじゃ──」

「……そもそもお前、料理中とか目を離すの結構怖いしな。煮物はまだしも……揚げ物とか、絶対するなよ？」

そんな桐生の笑顔がなんだか、恥ずかしくて、こそばゆくて──嬉しくて、そんな冗談を言ってしまう。

「──って、そういう意味じゃないわよ！　っていうか、揚げ物だって出来るに決まってるでしょ！　もう私、色々覚えたんだから！　馬鹿にしないでくれる？」

「本当か？　お前、揚げ物の油から火が出たら水ぶっかけそうだし」

ま、桐生は料理はともかく勉強は優秀だから、そんなことは——

「……え？」

「……え？　『え』ってなに？」

「……ダメなの？　水は火に勝つんじゃないの？　水は万能じゃないの？」

「……勝つって」

悲報。もう少しで我が家が大火事になるところだった件。いや、まだ今の内に気付いたんだから朗報か？

「……ともかく、油使う料理はもうちょっと控えような？」

「……はい」

少しだけしょんぼりする桐生が——なんだか、凄く可愛く見えて。

「ま、それじゃ今度の休みにでも料理するか！　唐揚げとか久しぶりに食べたいし……揚げ物、初挑戦といこうか！」

この時間が少しでも長く続けば良いな、なんて、俺はそんなことを考えていた。

番外編　女の子らしく、智美らしく

幼いころから私はずっと言われてきた。

――もう少し、女の子らしくしたら？

その言葉はもうホント、耳にタコが出来るくらい言われ続けた言葉だ。お父さんにもお母さんにも、お祖父ちゃんにもお祖母ちゃんにも、学校の先生にも学校の友達にも――それこそ、幼馴染の涼子にも、幼馴染の涼子のお母さんである凜さんにも、涼子のお父さんにも、ヒロユキのお母さんである芽衣子さんにも、ヒロユキのお父さんにも、ずっと、ずっと言われ続けてきた。

それに対して『なにをー！』と反感を覚えたわけじゃない。自分で言うのもなんだが……女子高生特有の自惚れを差っ引いても、そこそこ顔は整っている方だと思うし、もう少し『女の子』らしくすればモテるのかな～、なんて小さいころは考えたことだってある。女子ばっかりだったしね、モテてたの。

でも、それでも私は所謂『女の子』らしくしようと思ったことはなかった。私は私、『女の子』なんてカテゴリーに収まってやるか！　と思って生きてきたのだ。

――そう、あの時までは。

「智美ちゃーん」

「んー？　どうした、涼子？」

涼子のベッドで寝転がって漫画――少女漫画を読んでいる私に、扉の向こうから涼子の声が聞こえてきた。どったの？

「ドア、開けて～。両手塞がってるから」

「ん～。分かった～」

よっこらせ、とばかりに立ち上がるとドアの前まで歩いてドアを開ける――っていうか、これ、開いてない？

「ふー。ありがと、智美ちゃん」

「ん、別にいいけど……ドア、開いてなかった？」

「え？　ああ、半開きではあったけど……押して開けれなかったんだってば。両手塞がってたし」

そういってお盆にのったジュースとクッキーのお皿をテーブルの上に置く涼子。いや、両手塞がってたたって。

「……足で開けるとか」

「……智美ちゃん」

な、なによ！　なんでそんな残念な子を見る目で――今、呆れた様に『はぁー』ってため息吐いた!!

「……あのね、智美ちゃん？　智美ちゃんがガサツなのは知ってるけど……ダメだよ、女の子がドアを足で開けるなんて」

「それはデマだよ。ネットで見たもん。あるんでしょ、襖を足で開け閉めする行儀作法が」

「それはデマだよ。どこの世界にそんな作法があるのさ？」

ものすごーくしらっとした目でこっちを見てくる涼子。う、うぐぅ……す、すみません。

「ま、いいけどね～。そんなガサツな智美ちゃんなら、浩之ちゃんも直ぐに愛想尽かすだろうし。そっちの方が私にとって有利かも」

そう言ってにやりと腹黒い笑顔を浮かべる涼子。くぅー……その顔、学校の連中に見せてやりたい!!　誰よ、涼子のこと『清楚系で守ってあげたくなる子』なんて言ってるの！　この子、魔王だからね？　小悪魔とか、そんなちんけなものじゃないんだから！

「……言うじゃん、涼子？」

「言うよ。だってもう……お互いに遠慮はいらないし？」

そう。秀明に呼び出されたあの日、私と涼子は揃ってもう一人の幼馴染である東九条浩之――ヒロユキに告白して見事玉砕を果たした。なんだよ、『見事』玉砕って。

でも……そうはいっても、諦めきれないじゃん？　だから、涼子と二人でヒロユキに頼み込んで『好きでいる』ことについては認めてもらえたってわけ。まあ、ちょっと格好悪いけど……でも、いいんだ！

「それにしても……勿体ないことしたね、智美ちゃん？」

私が思案に暮れていると、涼子が涼子お手製クッキーを口に運びながらそんなことを言ってきた。なに？　勿体ないことって？

「だって……『あの時』、智美ちゃんが選んでいたら……きっと、浩之ちゃんは智美ちゃんの彼氏だったよ？　勿体ないことしたな〜って」

う、うぐぅ……りょ、涼子めぇ……

「……そんなこと、言う？　私、結構本気で落ち込んだのに」

いや、ホント、バカなことしたな〜って今でも思うよ？　なに格好つけてるんだか、と自分でも思うし。思うけど……

「……まあ、後悔はしてないから」

「……へぇ」

「多分……もし、なんどあの場面に戻っても、私はああいう風に言うと思うんだ。そりゃ、ヒロユキのことは大好きだけど……」

それ以上に、三人の時間も……大好きだから、と。

「……あれ？　涼子？　どうしたの、顔真っ赤にして？」

「な、なんでもないよ！　あー……もう!!　智美ちゃんって……ホントに、もう……」

なんだか怒ったような、泣きそうな、それでいて嬉しそうな複雑な百面相を見せる涼子。ふむ……


「……涼子」

「な、なに？　なにか――」

「なに百面相してるの？　不細工（ぶさいく）な顔になってるよ？」

「――……やっぱり智美ちゃんは智美ちゃんだ」

な、なに？　なんでそんな残念な子を見る目で私を見るの？　私、なんかした？

「はぁ……もういいよ。智美ちゃんに感動した私がバカだった」

「か、感動？」

「もういいです！　ともかく！　せっかくだし、お話ししようよ？」

「お話？」

話って……え？　涼子、なに言ってんの？　今更そんな改まって話をすることなんて、私ら幼馴染の間で――

「浩之ちゃんのこと。いつから好きになったの、智美ちゃん？」

――お、おうふ。

「ひ、ヒロユキのこと？　ヒロユキのことを話すの!?」

「そうだよ。だってもう、正直私たちの間で話すことなんてなくない？」

「ま、まあ……」

ヒロユキはいなくなった……っていうと語弊があるけど、桐生さんちに住んじゃったけどそれでも毎朝涼子と登校しているし、やれあのテレビを見たとかやれあの歌が良いだとか、やれあの芸能人が格好いいだとかの話は散々しているし……た、確かに私たちの間で話すことなんて。

「……コイバナぐらい、と」

「うん！　コイバナ！　女の子らしいでしょ？　女子力あがるよ、智美ちゃんも」

「じょ、女子力って……っていうか、待って？　涼子、私の女子力低いと思ってるの？」

「……むしろ高いと思ってるの、智美ちゃん？」

……なんも言えない。

「現役女子高生なんてスイーツの話かドラマの話か……恋愛の話くらいしかないじゃん！」

「……勉強とか、部活とかさ～」

「勉強嫌いな智美ちゃんと、帰宅部の私でその会話が成り立つと思う？」

「……思わない」

まあ、会話がそもそも成立しないよね。っていうかさ～。

「……な、なんか今更感ない？　涼子と私でコイバナって……こう、コッパズカシイと言いますか……」

「……まあね。でも私ちょっと憧れてたんだ～。智美ちゃんは幼馴染で……親友だと思ってる」

「……まあ、親友っていうか殆ど家族みたいなもんだしね、私ら。姉妹っていうか……」

「ありがと。でもさ？　普通、そういう二人ならコイバナの一つや二つ、すると思わない？」

「そりゃ……まあ、分からないではないけど……」

今までは、その……ま、まあ？　涼子も私もヒロユキのことが好きだったし？　だからその、そういう話題を避けていたと言いましょうか……だ、だってさ？　絶対地雷なワケじゃん？　お互いの好きな人が被（かぶ）ってるって！

「今更感はあるけど、逆に今だから出来るわけでしょ？」

「……まあ」

「ほら！　だからさ？　浩之ちゃんと智美ちゃん、仲は良かったけど……ずっとライバルっていうか、バスケで競い合ってたじゃん？　だから、余計にいつからなのかな～って」

そう言ってずいっと体を前に出す涼子。くぅ……こうなった涼子はもう、梃子（てこ）でも動かないっていうか、勢いがついいちゃった涼子を止める手段はないっていうか……

「……はぁ。まあ、確かに涼子の言う通り、ヒロユキと私はライバル関係……というか、ヒロユキには負けたくないって思ってたよ？　バスケは私の方が始めたの遅かったけど、どんどんヒロユキに追いついているのが分かったし……まあ、だからこそ、絶対ヒロユキに勝ってやる！　って思ってたし」

「そうだよね～。あの頃の智美ちゃんと浩之ちゃんってずっとバスケばっかりしてたもんね。それこそ、放課後とかも……私のこと、放っておいて」

「……悪かったってば。あの頃は私も子供だったといいましょうか……」

バツが悪くなって頭を掻（か）く私に、涼子がくすっと笑ってみせる。

「冗談だよ。そんな私を智美ちゃんは連れ出してくれたじゃない。『涼子！　試合、見に来てよ!!』って。あれ、嬉しかったな～」

何かを思い出すように、そういって視線を上にあげる涼子。

「――それで？　そんな智美ちゃんが、なんで浩之ちゃんのこと好きになったの？」

「……ブレないね、涼子」

今ので誤魔化(ごまか)されて――ああ、無理か。だって涼子だもんね。

「……まあ、そうやって私は練習を頑張ってたのよ。そしたらどんどん上達して……まあ、小学校三年生くらいの頃には、四年生とか五年生にも負けなくなってたんだよね。男子の」

「智美ちゃん、あの頃から身長高かったもんね」

「女子の方が成長が早いのもあるけどね。だからその……やっかみもあったんだよ」

「やっかみ……」

「っていっても別にさして珍しい話じゃないよ？　ほら、よくあるじゃん。『女のくせに！』みたいな」

「……まあ、あるといえばあるのかな？」

「私も悪いところがあったからさ。そういう先輩方に『悔(くや)しかったらバスケで勝ちなさいよね!!』とか言ってたし」

「……智美ちゃん。なんでそんなに好戦的なのよ？」

「あ、あはは～」

あの頃の私は随分とんがってたな～とは思う。でも、それぐらいバスケに真剣だったってわけでまあ、一つ。

「……昔っから智美ちゃんは変わらないね。折角可愛い顔してるのに……もうちょっと女の子らしくすれば良いのに」

「……」

「……智美ちゃん？」

黙り込んだ私に、涼子が訝し気な顔を浮かべる。そんな涼子に、ごめんごめんと手を振って私は言葉を継いだ。

「……そうだよね。皆に言われた」

「……」

「お父さんにも、お母さんにも……涼子にも小さいころから言われてたし、凜さんにも言われたよ。『智美は綺麗な顔立ちだから、きっと私の服が似合うと思うのに……ガサツすぎる』って。芽衣子さんにも言われたな～。『智美ちゃん？　浩之と遊んでくれるのは嬉しいけど、もうちょっと……女の子らしい遊び、したら？　昔はホラ！　お飯事とかしてたじゃない！　あの時の智美ちゃん、可愛かったな～』って」

「……嫌だった？」

「うーん……今考えればそうでもないけど……でもまあ、私は私だし、とは思っていた。でも、そう言われる原因は私にあったわけで……まあ、別段不満ではなかったかな」

　……でも。

「……ヒロユキだけなんだ。私に『女らしくしろ』って言わなかったの」

「……」

「……まあ、ともかく！　そんな男勝り(おとこまさ)だった私を心配してさ？　母方のおばあちゃんが髪留め買ってくれたんだ」

「髪留め？」

「うん。覚えてないかな？」

『元気が良いのは良いけど、智美ちゃんは女の子でしょう？　バスケットボールばかりじゃなくて、少しは女の子らしく、お洒落(しゃれ)でもしてみたら？』

「……まあ、正直面倒くさいな～とは思ったんだよ。『女の子らしく』って言われるのも嫌いだったしさ？　お洒落が楽しくないってわけじゃないけど、どっちかって言うとバスケの方が楽しかったし……それに、ヒロユキと勝負している方が楽しかったから。でもさ？」

　そんなことを思いながら――それでも、おばあちゃんが買ってくれた髪留めは、綺麗で、可愛くて……とにかく、私は一遍(いっぺん)にお気に入りになった。現金なヤツ？　いやいや！　マジで可愛いんだから、あの髪留め!!

「まあ、私も女の子だったってわけで……可愛いものだって嫌いじゃないわけよ。だからまあ……ウキウキで髪留めを付けて学校に行ったのよね」

「……！　ああ！　そういえばあったね!!　智美ちゃん、一時期ずっと髪留めしてたもんね！

あった、あった！『九州のおばあちゃんに買ってもらった』ってやつでしょ？　可愛いんだけど、キャラクターものの可愛さじゃなくて……あれ、今でも付けられるんじゃない？」

「それそれ。涼子も褒(ほ)めてくれたヤツ。『可愛いね、智美ちゃん!!』って。私もう、テンション上がって、上がって……それで、バスケの練習の時も付けていったんだよね」

その時、秀明が顔を真っ赤にしていたが……アレか。今ならわかるが、アレはそういうことだったのか。うん……『風邪(かぜ)？』なんか聞いて申し訳ない気がするわね。瑞穂(みずほ)？　『智美ちゃんが可愛い髪留め……キャラがブレません？』とか言いやがりやがった。練習でボコボコにしたけど。

「……それでまあ、その時にさ？　四年生の先輩方に……ちょっと、絡まれまして」

「おい、鈴木(すずき)!!」

「……なんですか、山田(やまだ)先輩……と、皆さんも」

練習終わり、帰り支度(じたく)も済ませて一人てくてくと家路を急いでいると後ろから聞こえる声があった。そちらを振り返り――そこに腕を組んでこちらを見る四年生の山田先輩の姿があった。この先輩、なんていうか……練習中もずっと絡んでくるし、鬱陶(うっとう)しいことこの上ない。そんな面倒くさい先輩に絡まれたことにうんざりしながら、私はため息を吐きつつ言葉を継いだ。

「……なんか用ですか？」

「なんか用ですかじゃねえ！　お前、なんだよ、今日の練習！」

「今日の練習……？」

「とぼけんな!!　お前、俺のこと転ばしやがって!!　汚い真似すんなよな！」

「転ばしたって……ああ」

今日の練習中、たまたまこの山田先輩とワン・オン・ワンになったことがあった。この先輩を抜き去った時に先輩、確かにこけてたけど……

「……別に汚い真似してませんけど？　普通に抜きにいったら、先輩が勝手にこけただけじゃないですか」

あの程度のフェイントでたたらを踏んでこけたくせに、酷い言い様だ。そんな私の態度に顔を真っ赤にする山田先輩。そんな山田先輩の援護をするかのよう、別の先輩が声を上げた。

「嘘つくなよ！　山田がお前ごときにフェイントでこけるわけねーだろう！　どうせお前が足引っかけたりしたに決まってる！」

「……」

抜きにいった方が足かけたら、きっとこけるのはこっち。そう思ったからか、ついつい私の口から深いため息が漏れた。

「なんだよ、そのため息は！」

「……別に、なんでもありません」

「はん！　女で、しかも年下のくせに生意気なヤツだ！　この男女！」

「そうだ！」

「そうだそうだ!!」

男女、男女と囃し立てる三人の先輩方。

「ったく、生意気なヤツ――」

言い掛けて、先輩が何かに気付いたように言葉を止める。その後、にやーっと嫌な笑顔を浮かべて。

「――おい！　こいつ髪留めなんかしてやがるぞ！　オトコオンナのくせに!!」

浮かぶ、嘲笑。その嘲笑に乗るように他の先輩たちも口々に囃し立てた。

「ホントだ！　うわぁ、気持ち悪い!!」

「マジかよ！　オトコオンナのくせに似合うと思ってるのかよ？」

ははは、ははははと広がる嘲笑。そんな嘲笑に、私は悔しさを滲ませた目で先輩方を睨んだ。

「……え？　智美ちゃん、睨んで終わり？　智美ちゃんなら、『何をー！』って殴りかかってもおかしくない？」
「……をい、幼馴染。アンタは私のことをなんだと思ってるんだ。そもそも……それは茜の仕

事でしょ？　私はそこまで戦闘民族じゃありません」

「いや、その発言も大概酷いと思うけど……そもそも、智美ちゃん？　普通に男の子と喧嘩とかしてたじゃない？　何をいまさら『私は関係ありません』みたいな顔してるの？」

じとーっとした目を向けてくる涼子に『うっ』と言葉に詰まる。今でこそそうでもないが……確かに、昔の私は喧嘩っぱやいのは喧嘩っぱやい。だからまあ、お転婆なんて言われてたわけだし。

「……まあ、そうなんだけど……ほら、髪留めしてたでしょ？」

「うん」

「なんていうか……『ちょっとぐらいは女の子らしくしようかな？』って思って付けてたのに、喧嘩なんかしたらおばあちゃんに申し訳ないかな～って気持ちもあったのよ」

「……まあ、女の子らしくするために買ってもらった髪留め付けて、殴り合いの喧嘩なんかした日には、おばあちゃんも悲しむもんね」

「そうそう。だからまあ、こらえてたんだけど……その私の目付きが気に食わなかったみたいでさ？『なんだよ、その目は！』って先輩が言いだして……まあ、他の二人の先輩に羽交い締めにされてさ？　髪留め奪われそうになって……」

「やめて!!」

「へへへ！　こんなもん、お前には似合わねーんだよ、オトコオンナ!!」

「だめ！　触らないで!!　それ、おばあちゃんに買ってもらったんだから！　触るな!!」

いやいやと身をよじる私の髪に、山田先輩の手が触れかかって。

「……何してんだ、智美……と、先輩方」

「ひ、浩之！」

「東九条……っち、うるせーな！」

「なんか、髪留めがどうとか、おばあちゃんとか聞こえてきて……ってか、智美？　お前、なんで羽交い締めなんかされてんの？　なに？　また暴力行為でも働いたの？　やめてくれよ……暴力行為は茜でこりごりなんだから」

緊迫した場面……っていうわけでもないんだろうけど、なんだか間の抜けた浩之の台詞に先輩方も毒気を抜かれたようなポカンとした顔をしてみせる。そんな先輩方に、浩之は頭を下げた。

「まあ……智美が何かしたのだったら謝りますから。先輩、智美を放してあげてもらえませんか？　そもそも……男三人が女の子一人にって、あんまり良いとは言えませんし……」

そんな浩之の言葉に、山田先輩が顔を歪ませる。

「っち！　何が『女の子』だ！　こいつ、女のくせに男とバスケで勝負なんかしてやがるじゃねーか！　こんなヤツ、オトコオンナで十分だ!!」

「いや、まあ確かに智美は男っぽいところもありますけど……」

「お前だって思うだろう、東九条!! こいつ、生意気だろ!! 女のくせに!! なあ、東九条？ お前も言ってやれ！ 女のくせに生意気だ、って!!」

「女のくせに生意気って……」

「お前だって思うだろ!? バスケ、始めたのお前が先なのに、今じゃコイツの方が上手(うま)いんだぞ！ 悔(くや)しくないのかよ!!」

そんな先輩方の言葉に、思わず私はぎゅっと目を瞑(つむ)る。浩之とは散々、バスケ勝負をしてきたのだ。そんな中、浩之にまで否定されたら、と――

「全然」

「……え？」

「いや……そりゃ、悔しいですけど……単純に、智美の方が上手いだけでしょ？ まあ、今度のワン・オン・ワンでは負けるつもりはありませんけど……ともかく、女のくせにとか思ったことありませんよ？」

そう言ってきょとんとした顔を見せた後、浩之は何かに気付いたかの様に表情を歪ませる。

「……もしかして、先輩方……智美に今日の練習で負けたの悔しくてこんなことしてるんですか？」

正に、図星。山田先輩は顔を真っ赤にして、浩之に喰ってかかる。

「だ、だったらなんだよ！ なんか文句あるのか!!」

そんな先輩方に、浩之は物凄くさめた視線で。

「うわ……だっさ」

「な、なんだと!!」

「だって、そうでしょ？　バスケで負けたからってこんなことで意趣返しって……ダサすぎでしょ、先輩方」

そういってコキコキと首を鳴らして私を羽交い締めにしている先輩方の側に近づいて。

「──放せよ」

聞いたことのないくらいの、低い声。そんな浩之の声に、先輩方は息を呑んで私から手を放す。先輩を一睨みし、ヒロユキは優しい笑顔を私に向けた。

「……どうしたんだ、その髪留め？」

「……おばあちゃんに……買ってもらった。女の子なんだし、少しくらいはお洒落しろって」

「そっか」

その言葉を聞いて、ヒロユキはもう一度まじまじと私を見つめて。

「──うん！　よく似合ってるぞ、智美！　可愛いじゃん!!」

──その言葉に、少しだけ涙が出てきた。

「はん！　何が可愛いだ！　目、悪いんじゃないか、東九条!!」

「うるせ！　寄ってたかって一人の女の子イジメてるヤツに言われたくねーよ!!」

「なんだと！　おい、お前ら！　やるぞ!!」

「よーし、かかってこい!! あ、智美、離れてろ!!」

そのヒロユキの言葉に、私ははっと意識を取り戻す。

「な、なんで!! わ、私もやる!!」

「バーカ! んな可愛い髪留め付けてんだぞ?」

少しは、女の子らしくしろ、と。

生まれて初めて、ヒロユキから掛けられたその言葉は——今まで耳にタコが出来るくらい言われ続けたそんな、同じ言葉なのに、誰に言われるより、高鳴る胸の鼓動のまま。

「だから——これは男の仕事だ!!」

そういって、ニカっと笑うヒロユキが、格好良くて、格好良くて。

「……ほへー。浩之ちゃん、格好いいね〜」
「……うん。あの時のヒロユキは……なんていうか……」
……物凄く、格好良かった。
「さっきも言ったけど……私さ? そりゃ、可愛いものとかも好きだけど……その、なんていうのかな? 『女の子だから!』とか言われるの、あんまり好きじゃないんだ。性別で色々固定されるっていうか……女らしく、とか、男らしく、じゃなくて……なんて言うのかな?」

「『智美ちゃん』らしく？」

「ああ、それが近いかも。私は私らしく、生きていきたいって思ってたんだよ」

「今は違うの？」

「ううん、今でもそう思うよ。誰かの都合に合わせて生きていくなんて……まあ、ある程度はするけどさ？　根っこのところではやっぱり好きに生きていきたいんだ」

誰に迷惑をかけるわけでもないんだったら良いだろう、と思うんだよね。別に女らしく生きなくても。でもさ？

「……ヒロユキに『可愛いじゃん』って言ってもらって……その、それが、す、すごくうれしくてさ？　な、なんていうか……こう……お、女の子で良かったな～って……」

は、恥ずかしすぎる。顔を真っ赤にする私に、涼子は茶化すことなく綺麗に微笑んでみせた。

「……そっか。それにしても……浩之ちゃん、その時から変わらないね～」

「ホントだよ。これも凛さんの教育の賜物だね」

「そだね～。それだけはお母さんに感謝だよ。お洒落のし甲斐があるもん」

ヒロユキは凛さんの教育の賜物――『いいか、浩之？　女の子がお洒落をしたときは全力で褒めろ。ただし、嘘はダメだ。お前が似合ってると思ったお洒落だけだぞ？』との英才教育を保育園の頃から受けているため、女性の服装や髪型、靴なんかを褒めるのに抵抗がない。まあ、私をはじめ、涼子にしても瑞穂にしても茜にしても荷物持ち兼批評係としてヒロユキを連れまわしたから、今ではその才能も研ぎ澄まされているのだが。

「……それで？　それが智美ちゃんが浩之ちゃんを意識した瞬間？」

「うーん……まあ、そうだね。あ、それまでも別に嫌いだったわけじゃないよ？　わけじゃないけど……でも、そだね。あの時に完全に……落ちた、かな？」

本当に。自分でもちょっと褒められただけでコロッといくとはずいぶんチョロいと思わないでもないんだけど……でもまあ、仕方ないよ。あの時のヒロユキ、本当に格好良かったから。

「……まあ、私の方はこんな感じかな？」

そういってコーヒーを一口。その後、私は視線を涼子に向ける。

「……それで？」

「ん？」

「ん？　じゃないわよ。わ、私が話したんだから、涼子も言いなさいよね！　じゃないと、フェアじゃないじゃん!!」

そうだ。私だって、こんなコッパズカシイ話をしたんだ。これは涼子にも語ってもらわないと!!

「涼子も言いなさいって……あれ？　言ってなかったっけ？」

「言ってなかったっけって……」

疑問符を浮かべる私に、涼子はにっこり笑って。

「私は、物心付いた時から浩之ちゃんのこと、大好きだよ～？」

「……へ？」

「いや～、甘酸っぱい話聞いちゃった！　やっぱり良いね、智美ちゃん！　幼馴染同士の語らいは！　いや～、私、一度でいいから智美ちゃんとしたかったんだ～、コイバナ」

「……………え？　ちょ、りょ、涼子？」

「うんうん、良い気分～。なんかきゅんきゅんしちゃったよ～。ありがとね、智美ちゃん！」

ツヤツヤの笑顔でそう言う涼子。いや……待て待て！　でも、そうか！　コヤツ、初めて出会った時からヒロユキべったりだったし……た、確かに私の様な『恋に落ちる』みたいな展開はないかも知れない……知れないけどさ!!

「ちょ、それってなんかズルくない!?　これ、私だけ恥ずかしい思いしていない!?　アンタ、語らいって言ったじゃん!!　これじゃ私の一人語りなんですけどっ!!」

「しょうがないじゃーん。だって私、本当にずっと浩之ちゃんのこと好きだったし？　これと言って、『好きだ！』みたいなイベントはなかったかな～。気付いたら好きだったし」

　そう言ってにっこりと笑って。

「だから……うらやましいな～、智美ちゃん！　乙女っぽい展開で!!」

……は、嵌められた！　これ、絶対嵌められたヤツだ!!　私だけ恥ずかしいヤツだ!!

「……流石、涼子。腹黒……」

　恨みがましい目を向ける私に、腹立つぐらい可愛らしい仕草で『ん？』と首を傾げる涼子に、私は盛大にため息を吐いた。うん……やっぱ涼子には勝てないわ。

あとがき

この度は『許嫁が出来たと思ったら、その許嫁が学校で有名な『悪役令嬢』だったんだけど、どうすればいい？』』二巻をお手に取り頂きありがとうございます、どうも、疎陀です。ちなみにこの書き出し、一巻からの流用です。三巻も出るならずっとこの書き出しでいこうと思ってます。

昨今の厳しい出版業界の中、続刊を出させて頂けるというのは本当に有り難いことです。いや、マジで。打ち切りが決まった瞬間の『その……申し訳ないんですが……』みたいなテンションの電話は気が滅入ります。売れないの書いた自分が悪いのに編集さんが責任感じる必要はないんですが……まあ、今回は編集さんにそんな気分にさせないので良かったぞ、と。

有り難い話、一巻に寄せて頂いた感想も好意的なものが多く、ファンレターまで頂いて本当に感謝、感謝です。これも皆様のお蔭、ありがとうございます！

……さて、謝辞は言った。困った、書くことがない。正直、原稿よりもあとがきの方が難儀しているんです……と、言いたいところですが！　今回は書くことがあるんです！　というより、主張したいことがあるんです！

――疎陀、ついにTwitterデビューを果たしました！

いや、今更何言ってるんだという話なんですが……今から十年ほど前、ラノベ屋としてのデビュー時に『Twitter、やりましょうよ！』『いや、煽り耐性低いんでTwitterはちょっと……』みたいな会話があったんですが、友人に『お前さ〜？　自分の書いた本の宣伝くらい自分でしろよ』と言われまして……そりゃそうだよね、と。

なもんでTwitter始めてみたんですが、呟くことが本当にないんですね。あ、これ、毎日あとがき書いてる様なもんだな、と。若干心が折れそうです……

でも！　そうは言っても私だってＤＸ文庫で書かせてもらっているラノベ作家です！　ほら、きっとＤＸ文庫さんがフォローしてくれる！　だから、それを励みに頑張って——

……フォローされてない……だと……

いや、そろそろフォローしてくれても良いんじゃないですかね、ＤＸ文庫さん！　私、フォローしてますよ！　『いいね』もしてますよ！　他の作家さん、フォローしてるじゃないですか！　減るもんじゃなし、私もフォローしてよ！　『@sodayou00』だよ！　皆さんもフォローしてね！

……よし、これでフォローしてくれるだろうぜ。その結果報告に関しては、ぜひ、三巻のあとがきでしたいと思います！　次回、三巻で皆様に再び出逢えることを願って。

令和五年二月吉日　今回は締め切りよりだいぶ早くて安心している　疎陀　陽

ダッシュエックス文庫

許嫁が出来たと思ったら、その許嫁が学校で有名な『悪役令嬢』だったんだけど、どうすればいい？ 2

疎陀 陽

2023年3月29日　第1刷発行

★定価はカバーに表示してあります

発行者　瓶子吉久
発行所　株式会社　集英社
〒101−8050　東京都千代田区一ツ橋2−5−10
03（3230）6229（編集）
03（3230）6393（販売／書店専用）03（3230）6080（読者係）
印刷所　図書印刷株式会社
編集協力　後藤陶子

ISBN978-4-08-631501-2 C0193